www.tredition.de

AF197636

Mike S. Born

Typhoon Kirogi

True Story

© 2015 Mike S. Born

Verlag: tredition GmbH, Hamburg

ISBN
Paperback: 978-3-7323-2507-8
Hardcover: 978-3-7323-2508-5
e-Book: 978-3-7323-2509-2

Printed in Germany

Über den Autor

Michael S.Born wurde im Februar 1949 im Ruhrgebiet geboren. Eine wenig schmeichelhafte Kindheit bewegte Ihn in jungen Jahren zur See zu fahren. Schon früh fuhr er als Kapitän auf Kümos in der Nord und Ostsee, danach auf größeren Frachtern weltweit.

Seine Seefahrtzeit wurde oft durch Landjobs unterbrochen, welches seiner Abenteuerlust entgegenkam. Seit fast 20 Jahren selbständig, unterbrochen durch mehrjährige verteilte Fahrzeiten als Kapitän ist er der See immer treu geblieben.

Zur Zeit schippert er mit seinem Segelboot auf den Kanarischen Inseln. Die Idee zu seinem Buch basiert auf einer wahren Geschichte, die sich so abgespielt hat wie im Buch beschrieben.

Ähnlichkeiten von im Roman geschilderten Personen sind rein zufällig, die aufgeführten Orte allerdings und die Daten des Sturmes und die Tagebuchaufzeichnungen sind authentisch.

Der Leser mag sich selbst ein Bild dieses Geschehens machen, der Taifun Kirogi hat tatsächlich geweht.

Bretonisches Sprichwort:

Eine ruhige See hat noch nie einen guten Seemann gemacht

Vorwort

Taifun Kirogi

Von www.rp-online.de

**"Kirogi" wütet über Japan und den Philippinen
Mindestens 45 Tote bei Taifun in Südostasien**

zuletzt aktualisiert: 08.07.2000 - 21:45 Tokio (AP).

Der Taifun "Kirogi" hat am Samstag an der Ostküste von
Japan eine Spur der Verwüstung hinterlassen und
mindestens drei Menschenleben gefordert. Ganze Städte
wurden   überflutet, Stromleitungen durchtrennt und
unzählige Häuser von Schlamm begraben. Auf den
Philippinen stieg die Zahl der Todesopfer nach "Kirogi"
und einem zweiten Wirbelsturm auf 42. Rund 800.000
Menschen, die auf Grund des   Unwetters evakuiert
wurden, harrten weiter in Schulen und öffentlichen
Gebäuden aus.

In der Stadt Mito, nordöstlich von Tokio, standen die
Bewohner bis zu den Knien in Schlamm und Wasser. Ein
81 Jahre alter Mann ertrank, nachdem er in einen Kanal
gefallen war. Vor den Augen seines Vaters kam ein
Dreijähriger nach Polizeiangaben in den Fluten eines
Flusses außerhalb Tokios ums Leben.

In der Nähe der japanischen Hauptstadt starb ein 30-
jähriger Autofahrer, dessen Wagen von einer nassen
Straße abgekommen und in einem Wassergraben

versunken war.

In einigen Gebieten im Osten Japans fiel vier Stunden lang der Strom aus, wie das japanische Fernsehen berichtete.

Mehr als 100 Inlandsflüge und Bahnverbindungen wurden abgesagt. Heftige Regenfälle setzten nach Angaben der Feuerwehr mindestens 300 Häuser in Tokio unter Wasser.

Im südchinesischen Meer tobte unterdessen der Taifun "Kaitak", der sich aus südwestlicher Richtung der Südküste von Taiwan näherte. Die Meteorologen gaben eine Sturmwarnung heraus. Die Ausläufer des Taifuns brachten starke Regenfälle mit sich. Im Norden der Philippinen fiel am Samstag weiter heftiger Regen. Überschwemmungen richteten Schäden in Höhe von 82 Millionen Pesos (4,6 Millionen Mark/2,4 Millionen Euro) an. Mehr als 350 Häuser wurden zerstört oder beschädigt.

Die Behörden befürchteten, dass die Taifun-Saison den G-8-Gipfel gefährden könnte, der vom 21. bis 23. Juli auf der japanischen Insel Okinawa stattfinden soll.

Was keine Zeitung berichtete war der Kampf von Kapitän Joachim Brander und seiner Besatzung die von Kirogi überrollt wurden, und tagelang ohne Schlaf, auf einem wild rollenden und stampfenden Schiff bei überkommenden bis zu 20 Meter hohen Brechern, um Ihr Leben kämpften.

Sie waren hilflos diesem ungeheuren Inferno eines der wohl stärksten Taifune überhaupt für eine endlos scheinende Zeit, tagelang ausgesetzt, einem Sturm, der mit Windgeschwindig-keiten bis zu 230 km/h um das Auge herum, daher kam.

Kapitän Brander

Die Kindheit von Brander war sicherlich etwas ungewöhnlicher und wich sicherlich schon etwas schicksalhaft von der sonst üblichen Norm ab.

Er wuchs bei seinen Großeltern auf, „Vater unbekannt" seine Mutter starb als er gerade 5 Jahre alt war, ein Umstand der Ihn in seiner Kindheit nicht sehr belastete, erst später merkte er, dass es irgendwie unangenehm war, wenn er bei den Behörden irgendwelche Formulare ausfüllte, und er in der Rubrik Vater einschreiben musste - Vater unbekannt-.

Später schrieb er einfach: Name der Mutter – Maria; und bei Name des Vaters – Josef. Sein hintersinniger Humor kam hervor, den er zeitlebens, manchmal aber auch leicht übertrieben, anwandte.

Schon während des ersten Schuljahres fing er das Rauchen an, eine Schachtel „Lloyd" Inhalt 4 Zigaretten, mit seinen zumeist älteren Freunden, mit denen er einige harte Jungenstreiche ausheckte.

Nachmittags wurden vorbeifahrende Züge mit Kieselsteinen von einer Brücke beworfen, die auf dem Schulweg lag, und die Eisenbahnschienen überquerte. Die Lok am Anfang des Zuges stieß große, wabernde, warme Schwaden von weißem Wasserdampf aus, wenn der Lokführer kurz vor der Brücke das Ventil öffnete, und der Überdruck aus dem Kessel entwich. Die Brücke war dann eine kleine Weile von den wärmenden unwirklichen weißgrauen Schwaden umhüllt, während die jungen Burschen im Schutz dieser Wolke wie schemenhafte

Wesen, kleine Steine, die sie vorher aufgeklaubt hatten, auf die Fahrkabinen prasseln ließen.

Joachim und ein oder zwei andere Waghalsige schwangen sich an einem zusammengebundenen Büschel herunter hängender Zweige, einer wenige Meter an einem Hang nahe den Schienen stehenden Trauerweide, über den darunter fahrenden Zug hin und her, und erschraken die verblüfft hinter den Fenstern heraus schauenden Fahrgäste. Dies galt dann als die absolute Mutprobe.

Was nutzte es wenn der Großvater am nächsten Tag den Zeitungsartikel hervor holte und vorwurfsvoll sagte: „Ich weiß, dass Du es warst der die Steine geworfen hat, dein Kumpel Heinz von unten in der Parterre, hat es schon zugegeben, was bist Du nur für ein schlimmer Junge, wo soll dies nur hinführen, Du stößt uns alle ins Unglück, und bald wird die Polizei an der Tür klingeln, und dann musst Du ins Gefängnis."

Beim kleinen Brander perlte aber alles ab, was sein Großvater gegen ihn vorbrachte, er bezog seine obligatorische Tracht Prügel, der Großvater zog seinen Koppel mit einer schweren Metallschnalle aus dem „Ersten Weltkrieg" aus der Führung des Hosenbundes, und schlug damit im Badezimmer auf den Jungen ein, der mit heruntergelassener Hose bäuchlings auf der Toilette lag. Er nahm die Schläge wehrlos, fast teilnahmslos entgegen, aber trotzdem einige Tränen produzierend, was bei den Schmerzen aber auch leicht war, um den Opa etwas milder zu stimmen, und ließ die Erniedrigung einfach über sich ergehen.

Im Grunde war er froh, nicht noch mehr Dresche zu

bekommen, so wie es einem Bäckerlehrling im gegenüberliegenden Block geschah, der von seinem Vater mit Holzlatten und Fäusten traktiert wurde, bis er verletzt und wimmernd auf dem Boden in der Waschküche im Keller eines Mehrfamilienhauses lag, voll von blauen Flecken, die Augen geschwollen, die Lippen manchmal aufgeplatzt, rissig voller Blut, Hautabschürfungen, gepaart mit Spuren der erbarmungslosen Prügel, die Ihm sein „Vater" in hemmungslosen Jähzorn und aufflammendem Hass zufügte. Die eintretende Stille danach war gleichermaßen erschreckend und fürchtend. Erst nach langen Minuten humpelnd manchmal ein Bein nach ziehend kam er zu Brander und den anderen Jungs heraus kam, und schämte sich sogar abgrundtief dafür überhaupt solche Prügel erhalten zu haben.

Brander und seine Freunde hassten diesen Vater, aber sahen auch keine Möglichkeiten zu helfen, auch war der verprügelte nicht sehr mit der Gang von Heinz und Joachim befreundet. Dass die Nachbarn nichts unternahmen um diese Misshandlungen anzuzeigen war bezeichnend für diese Gegend, die schon ein wenig mitleidlos war.

Nach der Schule sprang Joachim dann aus dem dritten Stock die sechsstufigen schon etwas abgewetzten rot lackierten Treppenstufen hinunter, dabei immer drei Stufen überspringend, und mit einem lauten Knall auf der jeweiligen Etage landend. Türen öffneten sich hinter und über Ihm, aber das war Ihm egal, die Schimpfwörter der Nachbarn spornten Ihn nur noch weiter an, mehr Krach von sich zu geben, und in Parterre stieß er dann ein lautes Lachen aus, warf die geöffnete Haustür hinter sich zu und rannte aus dem zementgepflasterten Hof ohne anzuhalten direkt auf die Straße, um sich dort nach seinen Freunden umzusehen.

Gewöhnlich zog man sich dann in eine Lehmbude zurück, die sie selbst in den weichen Untergrund gegraben hatten, 250 Meter entfernt von der Trauerweide auf der anderen Seite der Brücke, Ein-und Ausgang mit Zweigen verdeckt, inmitten einiger Büsche, wo man ungesehen war, und in Ruhe seine Zigaretten rauchen konnte.

Erste Jugendliebe

Mit 12 oder 13 Jahren verliebte sich der kleine Brander in die Mutter eines Freundes, und war fortan täglich in diesem Haus, er war gerne gesehen von beiden Elternteilen, und rasch entwickelte sich ein sehr persönliches Verhältnis, welches dann auch intim wurde, er war einfach über beide Ohren verliebt, und musste dieses Geheimnis für sich behalten, um diese Liebesbeziehung die sich mittlerweile zu der Mutter seines Freundes entwickelt hatte, nicht zu gefährden.

Eine schöne Frau, für Ihn, der seine ersten Erfahrungen machte, eine Göttin. Seit er sie das erste Mal sah, träumte er unablässig davon wie es sein würde mit Ihr. Sie küssen zu dürfen, sie zu berühren, in seiner Fantasie, und in seinen Träumen war er bei Ihr, und morgens warf er heimlich seine Taschentücher fort, in die er sich abends oder während der Nacht entleerte.

Sie duzten sich bald, aber nur wenn Sie alleine waren, wenn er in der Küche mit Ihr war, kam sie mit dem Po in Ihrer engen elastischen Hose gegen seinen Bauch, und rieb aufreizend hin und her, so dass er vor lauter Erregung seine Männlichkeit nicht verbergen konnte. Er durfte auch von hinten Ihre knackigen Brüste umfassen und atmete intensiv ihren Duft ein, da er auch Ihre Erregung ahnte, und dann war es soweit, der Moment auf den er so lange gewartet hatte, den er so herbeigesehnt hatte, er wurde endlich Wirklichkeit.

Eine einzige Katastrophe, vorzeitig kommend gerade hineingesteckt, welche Blamage gepaart mit unendlicher Traurigkeit, alles was er in seiner Fantasie ausgemalt hatte, entlud sich schon nach einigen Sekunden.

Marion sagte einfach: „ Macht nix, das passiert, wenn man zu sehr will, lass uns ein paar Minuten warten, streicheln, küssen, dann geht es wieder."

Nach einigen Augenblicken war es dann wieder soweit, und Joachim war nicht nur bereit, sondern seine jugendliche Stärke, ließ seine so geliebte Göttin erschauern, und der der ganze Nachmittag war ein einziges Fest, wo er hörig wurde, so schön war diese Liebe, es war genau so wie er es sich ausgemalt hatte, unzählige Male vorher, in allen Einzelheiten, da war es noch Fantasie, jetzt war es Wirklichkeit, aber diese erlebte Wirklichkeit war gefühlt noch 1000 Mal heftiger, als die vorher geträumten Vorstellungen.

Marion: „Joscha, jetzt bist Du ein Mann, Wahnsinn wie oft und wie heftig Du kannst, ich brauche Dich jetzt jeden Tag, erzähle niemanden was wir tun. Gehe jetzt, ich muss nachdenken, ich weiß Du bist minderjährig, aber ich kann nicht anders, Ich habe mich einfach in einen Jungen verliebt."

Er war sich insgeheim schon bewusst, dass dieses Verhältnis verboten war, aber mit aller Konsequenz hielt er daran fest, verstellte sich gegenüber dem Freund, und auch dessen Vater, der ihn wie einen eigenen Sohn behandelte.

Diese Familie gab Ihm auch gleichzeitig ein neues Zuhause, egal wie verquer diese Situation auch war, für Ihn war es eine Auffangstation, er legte seine anfänglichen kriminellen Energien ab zu denen Ihn sein bisheriger Freundeskreis gebracht hatte, er war zum ersten Mal in seinem Leben glücklich, verliebt, fühlte sich geliebt, konnte sich austauschen, im Grunde eine ideale Situation.

Manchmal plagte Ihn aber auch sein Gewissen, wie sollte er sich gegenüber dem Vater seines Freundes verhalten, komisch irgendwie dass niemand etwas bemerkte, na ja, sein Onkel machte ab und an eine Bemerkung, und lächelte vielsagend, also so ganz unbemerkt schien das Verhältnis nicht zu bleiben. Nur die direkt beteiligten bemerkten nichts, das Kind Brander war immer da, wenn die Familie anwesend war, und sobald er mit Marion, der Mutter seines Freundes alleine war, wurde er zum Mann, und auch zum Ersatzvater des kleinen zweijährigen Harry, der Ihn schon bald als Zwischending von Bruder und Vater empfand.

Brander wird flügge

Als 15 jähriger Schiffsjunge bei einer traditionsreichen Bremer Schwergut Reederei bis zum Matrosen in die Lehre gegangen, lernte der jetzt 51 Jahre zählende Fahrensmann von Anbeginn seiner Ausbildung an, schnell auch die harten Seiten seines Berufes kennen.

Ein Mann, genauso wie man sich einen Seemann vorstellt, großgewachsen, etwa 1,80m groß, leicht füllig, um die 100 Kilo, aber muskulös und geschmeidig, geprägt durch die verschiedensten Erlebnisse auf See und vielen angelaufenen Häfen, dazu gehörten auch natürlich einige Hafenbars, in allen Ecken der Welt.

Wenn er einen Raum betrat, so richtete sich die Aufmerksamkeit der Anwesenden, hervorgerufen durch seine natürliche Präsenz, auf ihn, ein Umstand dem er nicht abgeneigt war, der Ihn aber auch nicht arrogant machte, obwohl es auf dem ersten oberflächlichen Blick, für einige Zeitgenossen durchaus so aussah.

Normalerweise kleidete er sich sportlich unauffällig, meist in Blue Jeans, T-Shirt und bequemen Schuhen, aber er konnte durchaus auch elegant daher kommen, falls ein gesellschaftliches Ereignis, oder eine geschäftliche Einladung dies erforderlich machte. Das geschah meist bei dem ersten Anlaufen eines neuen Hafens, oder der Eröffnung eines neuen Liniendienstes, wo er als Vertreter der Reederei von der Agentur gewissermaßen vorgeführt wurde, jedenfalls empfand er dies so.

Offener Blick durch blaugraue Augen, kleine unmerkliche Fältchen um die Augen, hervorgerufen durch den Einfluss der hochstehenden, immer blendenden Tropensonne, der er sein halbes Leben ausgesetzt war, ohne Sonnenbrille, dies war nicht sein Ding, Augen, die sich auch gerne hübschen Frauen zu wandten, aber ohne gleich auf den Busen oder Hintern zu blicken, obwohl er auch diese Formen gerne registrierte. Die Frauen die er anschaute erwiderten oft seinen flirtenden Blick, der nicht aufgesetzt war, sondern seinem unbekümmerten Naturell entsprach, und so wurde er fast ausnahmslos mit einem freundlichen, hin und wieder aber auch mit einem verführerischem, aufforderndem ja sogar verführerischem Blick belohnt.

Seine positive Ausstrahlung machte Ihn bei seiner Besatzung innerhalb kurzer Zeit beliebt, und die Leute vertrauten Ihm, und Sie akzeptierten seine natürliche Befehlsgewalt ohne Murren.

Es stimmt schon, „ Lehrjahre sind keine Herrenjahre", und in den „Sechziger Jahren" ging es bei der Seefahrt noch ganz schön rau her.

Im Gegensatz zu der heutigen Ausbildung, wo die Lehrlinge oder „Auszubildenden" mit Samthandschuhen angefasst werden, gab es rückwärtsblickend schon mal ein paar aufs Haupt, oder wie man bei der Seefahrt sagte: „ Ein paar an die Backen" - geschadet hat es wohl nicht, jedenfalls war es eine andere Art der Schulung, es wurde nicht auf jede Befindlichkeit Rücksicht genommen.

Ja, seit frühester Jugend hatte Brander schon Einiges gesehen und mitgemacht. Seine Mutter starb nach einem Verkehrsunfall durch ein gebrochenes Genick, als Sie bei einem Frontalzusammenstoß mit einem LKW gegen die Frontscheibe katapultiert wurde. Erinnerungen an seine Mutter hatte er im Grunde nie, falls ja, dann hervorgerufen durch Erzählungen seiner Großmutter, wobei sich bei Ihm das Erzählte wie eine Erinnerung abspeicherte.

Als Vollwaise wurde er bei seinen Großeltern aufgezogen, ein Vormund wurde bestellt, und 1-2 mal im Jahr besuchte er diesen mit seinem Großvater, und hörte sich die Zukunftsplanung an, die seine weitere schulische Ausbildung betraf.

Irgendwie passte er nicht in dieses Regelwerk, und mit 15 Jahren nach einem Realschulabbruch nach der 4. Klasse, war er dann alleine in der Welt unterwegs.

Westküste und Ostküste USA, Mazatlán in Mexico, Indien, der Arabische Golf, hier und da heiße Mädchen, Schlechtwetter, Stürme, überkommende Seen, später als Steuermann und Offizier den Einen oder Anderen Hurrikane in der Karibik abgeritten, da kam schon einiges zusammen.

Schulschiff Deutschland

Der Anfang der Ausbildung waren drei Monate auf der

„ Mosesfabrik" in Bremen, eine Schiffsjungenschule an der Stephanibrücke, auf dem „Segelschulschiff Deutschland", einem Dreimaster, der für 3 Monate das Zuhause von Brander werden sollte.

Schiffsjunge Brander wurde zuerst als Backschafter in der Offiziersmesse des Schulschiffes eingeteilt, und lernte neben Knoten und Spleißen, und der theoretischen Ausbildung, auch Auf- und Abbacken. Das hieß am Morgen den Offizieren das Frühstück zu servieren, die Bestellungen aufzunehmen, dann zur Kombüse auf dem Hauptdeck vor dem Waschhaus zu flitzen, wo zwei sich im überschneidenden Schichtdienst abwechselnde Köchinnen mit pommerschen Akzent dafür sorgten, dass die Speisen schnell und warm auf den Teller kamen.

„ Wo kommst Du her gewesen, Jungchen"? war die erste Frage die den jungen unbedarften Brander überraschten, er hatte solche Wortfolge vorher noch niemals vernommen, und antwortete: „ Ich komme aus dem Pott".

Dies war nicht gerade eine geistreiche Antwort auf die Frage, und im Nachhinein hätte er sich nicht gewundert, wenn Sie nachgefragt hätten, „Apfelkom-pott, oder Koch-pott".?

Die Kombüse war immer gut geheizt, und an kalten Tagen meist zum „Smoketime" gegen zehn Uhr morgens, ein beliebter Aufenthaltsort, für die Lehrlinge, um sich angeregt mit den älteren Damen, die den „Jungchens" herzlich zugetan waren, über alles Mögliche zu unterhalten.

Rostklopfen, Auswechseln von Teilen der Takelage, die schon an einigen Stellen morsch war, und andere Konservierungsarbeiten, fielen in den nächsten Wochen an, damit Einhergehend, das Erlernen von sämtlichen in der Praxis anzuwendenden Seemannsknoten gestalteten seinen Aufenthalt abwechslungsreich, auf dem stolzen Dreimaster, der eine Überholung gut gebrauchen konnte.

Der Tagesablauf teilte sich ein, in morgendlichem theoretischen Unterricht in den Räumen des Schulgebäudes, welches sich an Land nur wenige Meter vom Schiff entfernt befand, mit 2 Ladebäumen auf dem Hof, und einem nachmittäglichen praktischen Teil, der die Schüler stundenplanmäßig auf den zukünftigen Bordbetrieb vorbereitete.

Blaue Latzhosen gaben allen ein einheitliches Aussehen, und die gestellten Sicherheitsschuhe mit eingearbeiteter Stahlkappe, sorgten dafür dass alle Schiffsjungen mit voller Zehenzahl, Ihren zukünftigen Reedereien ohne körperliche Einbußen zur vollen Verfügung standen.

Die Schiffsjungen schliefen in Hängematten aus Segeltuch. An beiden Enden der Hängematten waren Tampen eingelassen, mit einer eisernen Kausch, und mit verschiedenen Knoten konnte jeder seinen Schlafplatz an den angebrachten Stahlhaken unter Deck befestigen.

Eine gewaltige Umstellung im Vergleich zu den Schlafgewohnheiten zu Hause. Brander der sonst immer zusammengerollt in seinem Bett geschlafen hatte, schlief nun erstmalig ausgestreckt auf dem Rücken, eine Stellung, die er fortan in seinem ganzen Leben beibehalten sollte, vorteilhaft bei schlechtem Wetter, wo man einfach ein Bein anwinkeln konnte, und so relativ sicher in seiner Koje lag, um somit ein Herausfallen, beim heftigen Überholen des Schiffes in hohem Seegang, zu verhindern.

Einige Wagemutige befestigten Ihre Hängematte an den stählernen Haken mit einem laufenden Palstek, eine ungewollte aber vielleicht auch provozierende Aufforderung an die Kameraden, das Tauende mit einem Ruck nach unten zu ziehen, mit dem Ergebnis dass der Schlafende sich urplötzlich und unverhofft mit schmerzendem Rücken blitzschnell auf dem Decksboden wieder fand, überrascht seine verklebten, müden, aber jetzt vor Schreck aufgerissenen Augen reibend.

Natürlich wollte es keiner gewesen sein, und der Abgestürzte Jeden Abend zur Schlafenszeit hieß es dann:

„ Ruhe im Schiff, Licht aus. Alle Geister auf Station, Klabautermann von Bord!"

Am nächsten Morgen wurden alle, die noch nicht um 06:00 Uhr wach waren, durch den wachhabenden Offizier wachgerüttelt; seine Stimme schallte dann über die Bordlautsprecher mit dem Ruf:

„ Reise, Reise, Aufstehen".

„Reise Reise, Aufstehen,

ein jeder weckt den Nebenmann, der letzte stößt sich selber an. Reise, Reise!"

Oder auch mit dem Spruch:

„ Lüft an das Gatjen, lüpft das Bein,

ein jeder will der Erste sein".

Um 07:00 Uhr dann die Musterung durch einen der wachhabenden Offiziere, mit der geschnürten Hängematte in Vorhalte, in einer Reihe an der Decksnaht, gewaschen, Zähne geputzt, in sauberen Klamotten, bereit den Tagesdienst anzutreten.

Eines Morgens schaffte es der arme Brander nicht, wie sonst in voller Montur anzutreten, und musste zum Gespött aller sich folgenden Spruch vom Wachhabenden Offizier Biermann anhören:

„ Brander! Was laufen Sie hier mit wehender Banane rum! Machen Sie sich von Deck, waschen, Zähne putzen, Anziehen, und dann am Samstag, wenn die Anderen sich landfein machen, möchte ich, dass Sie sich freiwillig zur Wache am Waschhaus anmelden, und kontrollieren wer, und was an Bord kommt, und von Bord geht, am Montag dann, die Liste bei mir abgeben, und wehe Sie verpissen sich, dann lernen Sie mich aber kennen!"

Das waren ganz neue Worte für den schmächtigen Schiffsjungen Brander, der sich nicht danach gedrängt hatte im Mittelpunkt zu stehen, aber „Selbst schuld", dachte er bei sich, er hatte es sich höchst selbst eingebrockt, und deshalb musste er auch die Suppe auslöffeln.

Er erinnerte sich in diesem Moment auch an den Empfang, gleich am ersten Tag auf dem „Schulschiff Deutschland."

Originalton von Bootsmann Dau: „ Früher waren die Matrosen aus Eisen, und die Schiffe aus Holz, heute sind die Schiffe aus Eisen und den Rest den könnt Ihr Euch ja selber zusammen reimen, wenn Ihr Euch mal selbst anschaut."

Das war erst der Anfang seiner Begrüßungsrede, wenn ein neuer Lehrgang zum aller ersten Mal vor Ihm antrat, breitbeinig, in seiner Khaki Uniform Jacke, eine dunkelblaue Hose darunter, glänzend schwarz polierte Deckschuhe in das mit tiefschwarzem Pech kalfaterte Holzdeck gerammt, die breiten, eckigen Schultern vorgeschoben, und die klobigen Fäuste in die Hüften gestemmt, so stand er vor der Gruppe, musterte in Seelenruhe alle mit seinen hellblauen eisigen Augen, ein Mann wie ein viereckiger Klotz, der dann mit folgenden Worten sprach:

„ Ihr von Land herein geschissenen Mistbauern, Ihr loser, zusammengewürfelter Haufen, Ihr Zirkusclowns, schaut Euch doch mal selber an, Ihr wollt wirklich zur See fahren?-

Die drei Monate bei mir werden kein Spaziergang, das kann Ich Euch gleich versprechen, wenn ich aus Euch einen anständigen Schiffsjungen mache, dann könnt Ihr mal Euren Arsch zusammenkneifen, grinst jetzt noch irgendeiner"?

Er spuckte dann in hohem Bogen über die Reling, kaute weiter an seinem Priem, ließ alle stehen, und ging einfach ohne weiteres Wort von Deck, dann sich verwundert anschauend, sprachlos staunend, so hatte noch nie jemand mit ihnen gesprochen, gingen die Jungs wortlos in Ihr Quartier.

Der Bootsmann hatte es wirklich drauf. Auf den ersten

Blick unnahbar, war dieser knorrige, viereckige Fahrensmann aber im Grunde eine herzensgute Seele, und wenn er sich nicht veralbert fühlte ein mitteilsamer, ja auch mitfühlender Seemann, von dem man eine Menge lernen konnte. Brander erinnerte sich ab und zu mit einem fast unsichtbaren Grinsen an diese kultige Schiffsjungenzeit zurück.

Zu seiner Ausbildung gehörten nicht nur das Seemannshandwerk, sondern auch ungewollte gelegentliche Rangeleien, die nicht selten in einer handfesten Schlägerei endeten.

Verwickelt wurde man auch ohne eigenes Zutun, selbst wenn er dies nicht wollte, aber leider war es nicht immer zu vermeiden, und Abhauen galt nicht, wer wollte schon als Feigling gelten.

Die erste Seereise

Ein Picasso Liner die „Lindenfels" , ein Schwergutschiff von etwa 6.000 BRT mit 2 V-Masten und je einem 30 Tonnen und 120 Tonnen hebendem Baum, der D.D.G Hansa, sollten Branders erste Erfahrungen als angehender Seemann mit prägen.

Körperliche Ertüchtigungen gab es zu Hauf, die Matrosen riefen den „ Moses" schon mal heran und ließen Ihn die schweren Persenninge einer der Holzdeckelluken auf den Rücken gepackt, von Luke 3, bis nach Vorne bis zum Kabelgatt tragen, das gibt „ Muckis"!, erst recht wenn vorher schon ein Regenguss auf die Persenninge eingewirkt hatte, und diese dadurch bis zum doppelten an Gewicht zulegte.

Danach auf die Luke, und mit „Mac Hand" jeden einzelnen Luken Deckel zu Zweit an das Lukensüll gestellt, und dann wieder zwei Mann, die die Luken Deckel an Deck übereinander stapelten, und sich danach aufteilend, jeweils 1 Mann an Backbord, und ein zweiter Mann an der Steuerbordseite, die Scherstöcke aus Aluminium nach Achtern verschieben, dabei aber gut aufpassend, dass diese nicht in den Unterraum fielen, weil einer mit zu viel Kraft den Scherstock aus seiner rechtwinkligen Position brachte.

Nach dem Beladen wurde das Schiff vor dem Auslaufen seeklar gemacht, alle Luken wurden in umgekehrter Reihenfolge wieder verschlossen, die eisernen Schalklatten eingelegt, und mit einem schweren Hammer die Schalkkeile einschlagen, damit die Persennige nicht durch den Wind oder heftigem Seeschlag angehoben wurde, und so das Seewasser auf die Ladung gelangen konnte, oder einströmende Seen in die Luke gelangten und das Schiff instabil machten.

Fuhr man dann im Winter die Weser oder Elbe abwärts, wurden bis zum nächsten Hafen, meist Antwerpen oder Rotterdam, die Ladebäume hochgetoppt, und die „Jungkerls" enterten die 30 m Stahlleiter an den V-Masten empor, und fingen die Enden der Ladebäume auf der Saling liegend, mit einer Schlinge ein, sich dabei weit mit dem Oberkörper raus legend, und klappten diese dann letztendlich in eine Schelle ein, die mit Flügelschrauben verschlossen wurden.

Die hochgetoppten Bäume bewirkten dass der Schwerpunkt des Schiffes etwas nach oben verlagert wurde, und die Rollbewegungen dadurch langsamer wurden, alles kleine Tricks die in der Seemannschaft, und im guten Handling eines Schiffes den Unterschied zu einem Schiffsführer ausmachte, der entweder alle Umstände im Voraus bedachte, oder einem der Durchschnittskapitäne die dann wenn es eng wurde improvisieren mussten.

Außer einer gehörigen Portion Schwindelfreiheit, war auch die nötige Härte erforderlich, bei eisigem Fahrtwind und Minusgraden, bis auf die Knochen durchgefroren, mit klammen Fingern und steifen Händen in feuchten Festmachern, behändig wie ein Affe, dabei aber alle Vorsicht walten lassen, manchmal mit beiden Händen loslassend, nur mit den Beinen eingeklemmt , bei leicht überholendem Schiff , hoch oben 30 Meter über schwankendem Deck, seine Arbeit zu tun.

Trotz eisiger klirrender Kälte, ergaben sich aber oft aus

dieser Höhe, wenn auch nur für wenige Augenblicke, unvergessliche Aussichten.

Die alte Weisheit- eine Hand fürs Schiff, und eine Hand für dich selbst, konnte nicht immer eingehalten werden, daher der Spruch:

„Jeder Seemann ein Artist, 2 Seeleute ein ganzer Zirkus".

Die Fahrtgebiete ergaben sich aus dem Ladungsaufkommen, und der Spezialisierung der jeweiligen Reederei.

Mit der „MS Lindenfels" nach Indien

Bei der Schwergutreederei fuhr man in der Hauptsache zum Persischen Golf, vorher durch den Suez Kanal, beim ersten Mal schor man dem Moses dann eine „Kanalglatze".

Tatort war das Achterdeck. Joachim saß auf einem Stuhl aus der Mannschaftsmesse, einer der Matrosen schnitt ihm zuerst die Haare ab, dann erfolgte ein Einseifen und mit einer mehr oder weniger scharfen Klinge wurde dann die Kopfhaut malträtiert, bis endlich als Ergebnis der gemeinschaftlichen Bemühungen eine Vollglatze als Ergebnis aufwartete.

Joachim als Moses spendierte 2 Kisten Bier, für eine kleine Party, dies gehörte sich so, und trug dergestalt dem Gemeinschaftsgefühl, und der Tradition bei der Hansa Rechnung.

Unter großem Geschrei wurden dann in Port Said zwei Boote an Deck gehievt, mit jeweils drei oder vier Festmachern, falls man unterwegs in Ismail einmal das Schiff festmachen musste.

Joachim Brander betrachtete alles mit großen Augen, das Achterschiff und die Wohndecks wurden vorher mit Gittern verschlossen, damit die Eingeborenen nicht in das Achterschiff eindringen konnten.

Die Matrosen die nicht zum ersten Mal eine Kanaldurchfahrt erlebten, nannten die Ägypter einfach" Kanaker".

Brander der erstaunt und neugierig das bunte Treiben betrachtete, wurde ein um das Andre Mal von den

Händlern bedrängt irgendwelchen Ramsch zu erstehen.

An Deck wurden unzählige Artikel feilgeboten, eine Decke auf den Stahlboden, die Handelsware wie Gewürze, Schmuck, Teppiche, Wasserpfeifen, nachgemachte Kunstgegenstände und vieles mehr, wie auf einem Bazar, eine Vielfalt und Farbenpracht, die schwindelig machte.

Nach langem Feilschen erstand Brander einen Wandteppich mit einem Kamel als Motiv , etwa 2 Quadratmeter groß, und zahlte umgerechnet etwa 20,- DM dafür. Ein Matrose half Ihm den Teppich an der Wand in seiner Kabine zu befestigen, und so konnte der Schiffsjunge Brander voller Stolz sein erstes Souvenir präsentieren.

Kurz danach erstand er dann eine Wasserpfeife für seinen Großvater, und freute sich schon auf die Gesichter, wenn er zu Hause die Geschenke auspacken würde.

Gegen Morgen mussten dann alle Händler von Bord, und die „Lindenfels nahm Ihren Platz im Konvoi ein, und mit langsamer Fahrt, bahnten sich die Schiffe den Weg durch den Suez Kanal.

Nach circa dreißig Meilen gabelte sich der Suez Kanal, und der Konvoi legte dann mit der Steuerbordseite an, um den Gegenkonvoi von Suez kommend, vorbei zu lassen.

Dann wurden die Boote abgesetzt, die Leinen in das Boot gefiert, und ab ging es dann an die Poller an Land, wo die Augen der Festmacherleinen übergeworfen wurden, und die Schiffsbesatzung hievte sich dann mit den Winden langsam heran.

Es war ein unvorstellbar schöner Anblick, als der nordwärts ziehende Konvoi auf der anderen Seite der Insel vorbei fuhr, man sah nur den Sand, kein Wasser, es war als ob sich die Schiffe durch den Sand der Wüste schoben, so sehr beeindruckt von diesem Anblick vergaß Brander alles um sich herum, und wurde durch einige lautstarke Befehle des Bootsmanns aus seinen Träumen gerissen, es hieß wieder:

„ Klar Vorn und Achtern",

und alle gingen auf Ihre Station, warfen die Leinen los, hievten die Boote wieder an Deck, und weiter ging die erste Reise.

Der Zimmermann und der „Jung Blau" hatten einige Tage vorher aus Sackleinen und Holzbalken eine spezielle Toilette, im Seemannsslang geringschätzig „Kanaker Scheißhaus" genannt, für die ägyptischen Gäste gebaut, welche auf der Steuerbordseite der Back auf zwei Schweißlatten außenbords befestigt wurde, eine leere Dose und ein Wasserkanister dabei, damit sich die Festmacher bei Ihren Geschäften, einen halben Liter Wasser unter Ihren „Labilab" spülen konnten, um den Hintern wieder sauber zu bekommen.

Brander und ein zweiter Schiffsjunge wurden nun eingeteilt das Deck zu waschen, und mit dem „Darm" einem etwa 20 Meter langen vorne konisch zulaufendem Gummischlauch der mit der Storz Kupplung an der Deckwaschleitung angeschlossen war.

Nachdem das Ventil aufgedreht wurde, wurde von der Brücke eine Nachricht an den Maschinenraum durchgegeben, mit der Bitte „Wasser Marsch" und nach einer kleinen Weile gab es richtig Druck auf den Schlauch, so sehr, dass man sich mit etwas Balancegefühl auf den ersten Meter setzen konnte, der durch den immensen Druck steif aufgerichtet war.

Warf man das Ende an Deck, peitschte dieses kräftig hin und her, und man musste schon beherzt zugreifen um sich nicht zu verletzen. Nach einer viertel Stunde jedenfalls war die Back gespült, das „Scheißhaus" hielt sich in seiner Verkeilung und wurde außenbords belassen, für die Kameraden im nächsten Hafen, nur das Rabbeltuch wurde vom Zimmermann während der Überfahrt erneuert.

Bei Sonnenschein und leichten südlichen Winden, die eine kurze See mit bis zu zwei Metern hohen Wellen hervor brachte, die das Schiff ganz leicht stampfen ließ, ging es von Suez aus gegen den südlichen Wind und der leichten See durchs Rote Meer, bei hellem Sonnenschein, und leichter Bewölkung.

Brander notierte sich wie lange es dauerte bis es dann bei Aden nach Osten ging, es immer wärmer wurde, und dann durch die Straße von Hormuz wo dann der Persische bzw. der Arabische Golf erreicht wurde.

Bootsmann Faber aus Bremerhaven, hatte Brander als Backschafter eingeteilt, und zusammen mit einem Reiniger war er verantwortlich für das Aufbacken, Entgegennehmen der Essensbestellungen, die die Matrosen und Junggrade aufgaben: „ Moses, für mich Tagessuppe, und einen ‚Vollen Schlag', für mich ohne Kartoffeln mit viel Gemüse, und für mich ohne Gemüse, drei Kartoffeln und viel Soße" bestellte der nächste.

Anfänglich hatten sich die Meisten noch über seine

Unsicherheit lustig gemacht, aber inzwischen hatte er mehr Routine, man hatte sich einander gewöhnt, er war schon etwas sicherer.

Als er schon dachte er sei im Kreise der Crew angekommen, sah er sich eines Abends bitter enttäuscht, als er seine Kammer betrat.

In seiner Koje lag der 20 Liter Abfalleimer, mit dem gesamten umgekippten Inhalt der Speisereste des Tages. Zugegeben er hatte vergessen diesen zu entleeren, aber es rechtfertigte doch in keiner Weise diese Sauerei.

Joachim, nachdem er die Schweinerei gesäubert hatte, und die Kammer mehrmals gefeudelt, wandte sich in seiner Not an den Backschaftskollegen Günter, einem Reiniger von 36 Jahren, der Ihm unverblümt den folgenden Rat gab:

„Joachim, Du wirst immer wieder Leute finden, die schwächere oder neu an Bord gekommenen runtermachen werden. Mein Rat an Dich, wer immer dieses Schweinchen ist, braucht eine Lektion. Entweder Du lässt Dir solche Dinge gefallen, dann wird Dir so was immer wieder passieren, denn es geht rund, und im Nu weiß jeder dass Du Dich nicht wehrst. Wenn Du Dir Respekt verschaffen willst, musst Du, mit allem was Du hast, dagegen an kämpfen.

Ich glaube Du weißt wer es war, genauso wie ich. Der Kerl wird Dich immer weiter schikanieren."

„Was soll ich tun?"

„Am besten lässt Du den Eimer morgen Abend noch einmal stehen, und gehst mit einem Knüppel in Deine Kammer, und wartest einfach darauf, wer zu Dir hineinkommt und den Eimer anschleppt. Du weißt was zu tun ist!"

„Ja, aber ich habe schon ganz schön Schiss!"

„Min Jung, da muss de dor!"

Joachim beschäftigte sich den ganzen folgenden Tag, damit ob er dem Ratschlag folgen sollte, oder nicht.

Hemmungen hatte er schon, auch wenn er als Junge schon einige Sachen hinter sich hatte, aber planen und zuschlagen, dass machte Ihm Sorgen. Außerdem wusste er nicht wer Ihm gegenüberstand.

Schlug er nicht richtig zu, verprügelte Ihn der „Andere"; schlug er zu feste, nahm er vielleicht eine schwere Verletzung in Kauf, oder schlimmeres, daran wagte er schon gar nicht zu denken.

Der Tag neigte sich dem Ende zu, ein Leichtmatrose meckerte ihn sowieso schon seit Tagen an, und versuchte ihm täglich zu zeigen, was er denn für ein Würstchen sei.

Für Joachim gab es kein Zurück mehr, mit seinen 15 Jahren ein einsamer Entschluss, aus einer gewissen Verzweiflung geboren.

Er kippte den Eimer nicht aus, ging in seine Kammer, und bewaffnete sich mit dem Knüppel.

Gegen 20:00 Uhr öffnete sich leise die Kammertür, Joachim wartete hinter seiner Koje, und schlurfend den 20 Liter Eimer beidhändig tragend, kam der Leichtmatrose um die Ecke.

Auf diesen einen Augenblick hatte Joachim mit

angehaltenem Atem gewartet.

Er schwang den Knüppel beidarmig schräg nach oben, und traf hervorragend mitten in das Gesicht des verhassten Leichtmatrosen, der den Eimer vor Schreck losließ, und versuchte seine Arme hoch zu bekommen, aber es war zu spät. Der Knüppel fand sein Ziel.

Die gesamte Brühe ergoss sich über den Fußboden, aber unbeirrbar vollendete der Knüppel seine eingeschlagene Bahn.

Im Geräusch des auslaufenden Eimers vermischte sich das Knirschen der durch den geführten Schlag gebrochenen Nase.

Das Blut spritzte aus dem Gesicht, ein schmerzerfüllter Aufschrei, die entsetzten Augen signalisierten, jetzt bin ich ertappt, und gleichzeitig begreifend, das war die Abrechnung für mein schändliches Tun, all dies spiegelte sich in sekundenbruchteilen im Gesicht seines Gegenübers.

Joachim war es richtiggehend schlecht geworden, zum zweiten Mal, die Essensreste des Tages aus der Pantry in seiner Kammer, eine stinkende Brühe die sich über den gesamten Boden verteilte, sein Schuhwerk, bis zu den Knöcheln benetzend, und das herunter tropfende Blut seines Gegners, machte es auch nicht besser.

Trotzdem war er jetzt irgendwie erleichtert.

Er hörte noch eilige Schritte näher kommen, Günter hatte seinen Kollegen Bescheid gesagt, und aus der Ferne hinter der nächsten Ecke des Ganges hatten Sie die Auseinandersetzung zwar nicht sehen können, waren aber in der Nähe, um Joachim falls etwas schief ging, bei zu stehen.

Alle grinsten, klopften ihm auf die Schultern, und beglückwünschten Ihn zu einem guten Schlag.

Nachdem ihm sogar alle halfen, die Kammer zu säubern, wurde Joachim zu einigen Freibieren bei den Reinigern eingeladen, und alle versicherten ihm, dass das „Arschloch" es mal so richtig verdient hatte, da er den Junggrad der letzten Reise ebenso fertig gemacht hatte, mit dem Unterschied, dass dieser sich nicht gewehrt hatte.

Am nächsten Morgen dann die große Überraschung!

Joachims Dienst in der Mannschaftsmesse war beendet, die Backschaft wurde nun vom Leichtmatrosen gemacht, eine Ironie in so weit, als der jetzt auch noch Branders Kammer täglich mit säubern musste.

Bootsmann Faber rief den Schiffsjungen zu sich:

„ Joachim, komm mal her, hier hast Du einen Eimer mit Signalrot und eine Rolle, Du gehst gleich auf das Bootsdeck dort hat der Matrose Franz schon angefangen das Steuerbord Rettungsboot zu malen, hilf Ihm dabei, wenn Ihr fertig seid, bringt Ihr Euer Zeug ins Kabelgatt und meldet Euch anschließend bei mir! Alles klar, also schwirr ab!"

Brander bewaffnete sich mit Rolle und Farbe, und einem Abrollsieb, und machte sich auf den Weg.

„Hallo Franz, bin bei Dir eingeteilt und soll helfen das Rettungsboot zu malen".

Franz guckte kurz aus seiner liegenden Haltung auf, öffnete seine Augen, die schwer vom Alkohol des letzten

Abends gezeichnet waren gegen das Sonnenlicht,   und murmelte:

„ Ok, Junge dann tauch mal Deine Rolle ein und leg los."

Brander tauchte die Rolle zur Hälfte in die eiserne Wanne, und fing an über das Dollbord zu rollen, und hatte immer zehn cm mit Farbe, dann wieder einen trockenen Streifen dazwischen, Franz erbarmte sich seiner, und zeigte Ihm wie man die Rolle über das Farbgitter abrollte, vorher drehend über die Farbe strich, und schon konnte er den Anstrich nun etwas gekonnter auftragen.

Auf der Innenbordseite legte sich Franz wieder hin und sagte: „Scheibenkleister, hatte gestern wohl ein paar Bier zu viel, wenn Du alles angestrichen hast, mich aber bitte nicht, dann weckst Du mich, und malst den Rest, dann ist auch schon Mittag, alles klar "

„Logo Franz" versicherte Brander eilfertig, „ mach Ich."

Gegen Mittag weckte Brander den schläfrigen Matrosen Franz, der nun auch eine Rolle zur Hand nahm, und im Nu war das Boot neu gemalt.

Am Nachmittag labsalbte Brander noch einige Runner, saute sich dabei auch ordentlich ein, aber das war egal, war er doch endlich an Deck, und von den Arbeiten in der Messe befreit.

Nun war er gespannt auf den ersten Hafen, in dieser für Ihn völlig neuen Welt.

Khorramshar

In Khorramshar ging es dann zu „Warzen Elli", einer Bar in der Nähe der Pier. Hier kippte man sich das Bier schon fast beidhändig rein, abgetakelte billige Nutten saßen herum, und die Matrosen tranken sich die „Damen" im Laufe des Abends immer schöner.

Der Kapitän passte aber auf das der Moses wieder rechtzeitig an Bord war, er hatte schließlich eine besondere Verantwortung für die minderjährigen Besatzungsmitglieder. Am nächsten Tag nahmen die Matrosen den Knaben dann auch mit dem Taxi nach Basrah mit, wo Ihm dann im Puff, so wie die Matrosen glaubten, die Unschuld genommen wurde, das hatten Sie Ihm aber auch schon während der Hinreise mehrere Male „angedroht" und somit versprochen.

Von seiner Liebesbeziehung mit Marion hatte er zu keinem gesprochen, das war sein Geheimnis, und Ihm auch heilig, er hatte keine Lust sich zum Gespött der Besatzung machen zu lassen, die doch teilweise sehr gefühlsroh und abfällig über Sex und Frauen redeten.

Die Matrosen warfen Ihr Geld zusammen, und bezahlten eine halbwegs gutaussehende Prostituierte, die ihrerseits einen gehörigen Spaß daran hatte, den mit Prostituierten unerfahrenen Moses zärtlich zu verwöhnen.

Die Augen geschlossen lag er nun auf einem Holztisch, kleine weiche Hände streichelten Ihn, und seine Nervosität stachelte sein Mädchen nur noch mehr an, seine Erregung genießend erbarmte Sie sich seiner, und kletterte dann über Ihn, und schob sich feucht über sein erigiertes Glied, schaute Ihn wissend ob Ihrer Überlegenheit und ihrer Kontrolle an, und es dauerte auch nicht lange, bis sich der junge Brander auf dem Holztisch liegend zuckend und stöhnend in Sie ergoss, dabei in Ihr Gesicht schauend, welches sich grinsend und siegessicher ihm zuwandte, Ihrer Macht in diesem Moment voll bewusst, und dabei Ihre Überlegenheit mit einem triumphierenden Lächeln auskostend.

Es war nicht gerade die große romantische Nummer, klappte es auch mehr schlecht als recht, froh war er auch, dass es dann vorbei war, er war natürlich auch verlegen, weil seine älteren Kollegen vor der Tür warteten, und Ihn vielsagend angrinsten, als er wieder fertig angezogen auf den Gang hinaustrat, und er gab auch ein bisschen an, wie es eben alle machen, wenn man sich untereinander die Hucke voll log, wenn es darum ging, den Kollegen und Freunden weis zu machen, was man doch für ein toller Hecht war, was Frauen anbetraf.

Im Nachhinein, war es schon ein richtig geiles Gefühl, ein wollüstiges Genießen, auch wenn es nicht so lief wie er es sich vorher vorgestellt hatte, er musste sicherlich noch an seiner Standfestigkeit arbeiten, aber trotz aller Bedenken, er freute sich schon auf ein weiteres Mal.

Komischerweise war es aber der arabische Tee der in seiner Erinnerung verblieb, der von den kleinen Zuhältern in runden Glastassen mit viel Zucker serviert wurde. Ein köstliches Getränk, dem er sein ganzes Leben huldigen sollte, dabei auch immer an sein „Erstes Mal" auf seiner „Ersten Reise" denken sollte.

Als Ausgleich einmal auf See angekommen, fuhren dann

die Decksleute und Matrosen mit jeweils einer roten für Backbord, und einer grünen Rostmaschine für die Steuerbordseite das Hauptdeck ab, Ohrenschützer aufgesetzt, eine halbe Stunde fahren ohne Pause dann eine halbe Stunde frei und dann wurde wieder mit den Füßen auf der biegsamen Welle richtig Gummi gegeben, es war ein Wettbewerb, Rot gegen Grün. In den Nachmittagsstunden kehrte dann Ruhe ein, das Deck wurde mit Rostbürsten weiter abgefahren dass es glänzte, hartnäckige Roststellen mit dem Rosthammer weggekloppt, und dann das gesamte Deck sauber mit dem Haarbesen gefegt. Brander trug mit dem Rundquast den ersten Schlag Mennige auf, am nächsten Tag dann mit einer großen Rolle den zweiten Schlag Mennige, mit etwas Schwarz gemischt, damit man auch alles abdeckte, und dann am 3. Tag endlich das schwarze Deck Biturol, vorher mit dem Pinsel die grauen Luken und die Verschanzung abgesetzt, und dann wurde gerollt, bis das Deck tiefschwarz glänzte.

Indien, geheimnisvoller Orient

Indien, mit der ehemaligen portugiesischen Enklave Goa, und dem Hafen „Marmugao" wurde angefahren, die Kulis schleppten das rote Eisenerz auf Ihren schmerzenden, krummen Schultern in geflochtenen Körben, über lange, sich unter der Last von Trägern und Ladung nach unten biegenden Holzplanken an Bord, und schütteten die Ladung, sich dabei an Deck weit nach vorne beugend mit Schwung über das etwa 80 cm hohe Lukensüll in den Laderaum, wo rote Staubwölkchen emporstiegen, und wabernder, roter, feiner Staub über und um das Schiff über Wochen hinweg das Atmen erschwerte, so lange dauerte in den Sechzigern manchmal das Beladen eines Schiffes.

Hunderte Kulis flitzten ohne Unterlass Tag und Nacht mit stetigem an und von Bord Gehen, unter vollem Einsatz aller Ihrer Körperkräfte, und füllten mühselig Kilo für Kilo schleppend, das riesige Schiff, welches unmerklich, aber unaufhaltsam, stetig und dabei langsam immer tiefer ins Wasser tauchte, abzulesen an der Plimsoll Marke, die mittschiffs angebracht war, bis irgendwann dann bei Ladeende mit tausenden von Tonnen Erz im Bauch des Schwergutschiffes, die Marke Seewasser Tropen (SWT) erreicht war.

Um den Rost am Schiff abzuklopfen, wurden Dutzende von Hilfsarbeitern, mit an Bord bereitgelegten Rosthämmern ausgerüstet, auf Brettern den sogenannten Stellings außenbords balancierend, die an Tauen hingen, oben an Deck festgemacht, und klopften verbissen auf das Eisen außenbords ein, um den Rost, der in Placken schichtartig unter mehreren Farbaufstrichen sich ins Eisen gefressen hatte, zu entfernen. Ein stundenlanges klopfendes monotones Konzert mit eintöniger Melodie, nur unterbrochen von den Pausen zur Mittagszeit und dem Feierabend, spät kurz vor Dunkelwerden, wenn sich die Kulis dann von den Bootsmannstühlen, oder Stellagen abseilten, sich kurz wuschen, mit Blechdosen, welche Sie in ein Wasserfass tauchten, um sich den gröbsten Staub, und Farbreste abzuspülen.

Am nächsten Tag wurden dann mit Drahtbesen der Roststaub abgefegt und das Eisen etwas blank gebürstet, bevor die Blei Mennige ausgegeben wurde, aber erst nachdem der Bootsmann die Arbeiten abgenommen hatte. Mit großen Rundquasten bewaffnet, kleckerten die indischen Kulis dann 2 Schichten der dünnflüssigen Mennige auf das Eisen, und dann am nächsten Tag, dass sogenannte Hansa Grau, eine Farbe die außenbords für die gesamte Flotte verwendet wurde. Der in der Luft hängende Staub, der sich mit allem vermengte, störte dabei wenig, Hauptsache das Schiff hatte einen „vollen Schlag" Farbe bei Erreichen des ersten deutschen Hafens.

Eine Knochenarbeit, für einen Hungerlohn!

Erster Landgang in Indien

Geruch von Gewürzen, vermischt mit dem beizenden, penetranten Geruch von Urin, der in schmalen Rinnsalen zusammen mit anderen Abwässern vermischt, durch einige Gassen floss, bunte Gewänder, oft weiß und orange, beherrschten das Straßenbild. Brander fühlte sich etwas unwohl in seiner Haut, die Dämmerung nahte, und mehr und mehr Leute versammelten sich um Ihn, starrten ihn an, zerlumpte Kinder sprachen auf Ihn ein, Laute die er nicht verstand, ein paar von ihnen lachten Ihn an, und schauten Ihn dabei mit Ihren großen Augen bittend an, einige streckten Ihre Hände aus und zupften an Ihm herum, Bettler die in der Nähe warteten, machten sich auf den Weg direkt zu Ihm, darunter ein Beinamputierter, der sich auf seinen Händen aufstützend, die Stummel in grob zusammengenähten Lederstumpen und Stofffetzen gehüllt, die Beinstummel kratzend durch den Sand schleifend, sich dann zu seinen Füßen niederlassend. Große, braune Augen starrten Ihn fordernd an, und ausgestreckte Arme mit sich klauenartig öffnenden Händen verlangten aufdringlich, ja fast aggressiv einen Obolus.

Brander ging einige Schritte weiter, aber die Ihn umgebende Menge, als hätte Sie Blut geleckt ließ nicht mehr von Ihm ab. Der Amputierte saß inzwischen auf den Schultern einer verhärmt aussehenden schmächtigen Frau, die scheinbar fast unter dem Gewicht zusammensank, die Bettelkinder zupften weiter an seiner Kleidung, einige kniffen Ihn sogar mit den Fingern, so dass Brander beschämt, zugleich auch irgendwie schuldbewusst schließlich in seine Tasche griff, und einiges an Geld welches Ihm dabei in die Finger geriet, von sich warf. Die

Meute der Bettler, die sich nun geifernd und gierig mit lautem Geschrei und sich dabei gegenseitig knuffend um die Münzen balgten, verschafften Brander eine kleine Pause, in der er sich verzweifelt umsehend, in brünstig hoffend dass doch bitte ein Taxi vorbei kommen möge, um Ihn aus dieser misslichen Situation zu befreien, die Ihn hoffnungslos überforderte.

Zum Glück für Brander, der zum ersten Mal mit solch einer Situation konfrontiert wurde, kam das von Ihm ersehnte Taxi herbei, und er warf sich schwitzend, und aufatmend auf den durchgesessenen Rücksitz, und wollte nur fort von dieser stinkenden Straße, weg von den zerlumpten Bettlern, nur zurück an Bord, wo Ihm alles vertraut war.

Trotz allem siegte aber wieder die wohl in jedem steckende Neugier, und das eben Erlebte verblasste fast genauso so schnell, wie es mit dieser für Ihn konfrontierenden Intensität so plötzlich und unerwartet eingestürmt war.

Zum Glück gab es aber auch weitaus erfreulichere Dinge, wie den wunderbaren Sandstrand mit einigen, außenbords farbenfroh angemalten, sich in der Brandung wiegenden Fischerbooten, die mit einem Berg von Netzen bedeckt waren, und sogar einige hübsche Mädchen die man abends in Ihrer Hütte besuchen konnte, wie er staunend erfuhr.

Aber aufgepasst, dass man nicht an einer „falschen" Tür anklopfte, dann gab es einen Schwall von Schimpfwörtern, und man wurde lauthals weggejagt.

Schiffsjunge Brander fand aber nach einigen Fehlversuchen, von denen er sich nicht entmutigen ließ, die „richtige" Behausung mit einer wunderbar aussehenden jungen Inderin, die mit Ihren schwarzen hüft lang herabhängenden Haaren über Ihrem kunstfertig gewirkten Sari, auf zahlende, abendliche Kundschaft wartete.

Brander war voller neugieriger Erwartung, und gab sich nur zu bereitwillig den fremden Reizen und Gerüchen hin. Nach Basrah genoss er diesmal in vollen Zügen diesen Flair von Tausend und einer Nacht, in dieser tief dunklen geheimnisvoll anmutenden Tropennacht, ein flackerndes offenes Feuer in einer spärlich, im Grunde nur aus einem Bett und zwei Schränken als Einrichtung bestehenden Hütte.

Das Feuer in der ansonsten dunklen Behausung erleuchtete diskret und verschwommen, matt glänzende Gesichter und feucht schimmernde Körper, die sich in langsam steigernder lustvoller Ekstase auf und niederbewegten, bis sie sich beide mit orgastischen Lauten und immer schnelleren und heftigeren Bewegungen und Stößen explosionsartig entluden, und danach zufrieden in Ihrer momentaner Erschöpfung wie zwei satte Katzen in sich zusammensinkend und sich langsam ausstreckend weiterhin miteinander verschlungen, sich dabei aber weiter mit unendlich zarten Berührungen immer noch liebkosend und fordernd innig weiter streichelnd, darauf Wert legend den Partner in steter Erregung zu halten, sich endlich zu Boden sinken zu lassen.

Sich wortlos tief in die Augen schauend wussten beide, dass dies ein ganz besonderer Moment war, wo käufliche Liebe total nebensächlich wurde, und in dem nur dieser Augenblick zählte in dem man sich gefunden hatte und zusammen war, diese animalische Zweisamkeit, die so niemals wiederkehren sollte, so wie gerade zwischen Ihnen so intim und intensiv erlebt.

Indischer Curry

Aber auch ein niemals zu vergessender Genuss, als er mit einigen der indischen Hafenarbeiter die mittags auf der Luke ihren gelblich, ockerfarbenen scharf gewürzten Hühnercurry mit Reis kochten, deren Essen gegen sein eigenes Gericht eintauschte.

Aus der Kombüse holte er sich eine große Portion Grünkohl mit Kohlwurst und gekochten Kartoffeln, manche Köche hatten schon ein tolles Händchen für Gerichte in den Tropen, aber die Kulis waren hoch erfreut, als Sie sahen dass sich Brander für Ihr einheimisches Essen interessierte, und tauschten gerne mit ihm, da Sie Ihrerseits auch neugierig auf deutsches Essen waren, und es für Sie ebenfalls eine neue Erfahrung darstellte. Sie probierten die Kohlwurst und verzogen wohlwollend das Gesicht, Kartoffeln gehörten nicht zu Ihren normalen Lebensmitteln, aber als Sie den Grünkohl und den gekochten, geräucherten Bauchspeck kosteten, ging der Daumen nach oben, und beifälliges Nicken und breit grinsend verzogene Lippen, bezeugten, dies schmeckte Ihnen richtig gut, auch wenn so ein deutsches Wintergericht wie ein Mühlstein in Ihren Mägen liegen musste.

Brander zog sich mit seinem Currygericht auf Reis auf einen Poller an der Steuerbordseite zurück, wo die Achterspring festgemacht war, und probierte anfänglich noch etwas zurückhaltend dieses köstliche fremdartige Gericht, dass zuerst vehement sämtliche Geschmacksnerven attackierte, dann aber einen wohlgerundeten Geschmack in seinem Gaumen zurück ließ.

Danach aber fühlte er irgendwie lustvoll, wie diese zuerst angreifenden, scharf schmeckenden Gewürze, ein wohliges Brennen in seinem Inneren erzeugten, wobei er dann nach kurzer Zeit schon, genussvoll schmatzend, mit seinen Fingern den Reis zu kleinen Kugeln formend, diese dann in die fleischige scharfe Sauce tunkend, hungrig verzehrte, und sich danach lustvoll die Finger ableckte, und den Rest der Sauce, die noch an den Fingern haftete an seiner kurzen Jeans abwischte, von der er vor ein paar Tagen die Beine abgeschnittenen hatte.

Vom Schiffsjungen zum Kapitän

In den folgenden Jahren, fuhr Brander auf verschiedenen anderen Schiffen, darunter Bohrinselversorger im Persischen Golf und an der afrikanischen Westküste, wurde im Kongo kurzfristig für mehrere Tage wegen eines verschwundenen Waffentransports, von dem er bis dato nie etwas gehört, noch gewusst hatte, von den Rebellen in den Dschungel verschleppt, machte kurz darauf sein Offiziers- und Kapitänspatent, und fuhr als Steuermann auf Kümos in der Nord- und Ostsee, danach im Mittelmeer auf Containerschiffen, und dann wieder weltweit, den Containerschiffen treu bleibend, als Kapitän, bis zu dieser verhängnisvollen Reise, die Ihn bald in das Auge des gewaltigsten Sturmes tragen sollte, den er jemals erlebt hatte.

Bewerbung und Vorstellung

Anheuern von seefahrendem Personal war mittlerweile in der Hand von einigen Dutzend Vermittlungsfirmen, von denen sich die bedeutenden in Limassol, auf der sonnigen Mittelmeerinsel von Zypern angesiedelt hatten.

Mit Branchoffices in den Philippinen und anderen Billiglohnländern, haben Sie seit Jahren den Markt in der Hand.

Die wenigen Jobs die für deutsche Seeleute über die Heuerstellen des Arbeitsamtes abgeschlossen werden konnten, waren praktisch an einer Hand abzählbar.

Für den Reeder war es auch wesentlich einfacher ein bestimmtes jährliches Budget aufzuwenden, welches alle Kosten des fahrenden Personals beinhaltete, der Reeder trug ab sofort nicht mehr die Kosten für ein eigenes Personalbüro, keine Krankenversicherung, keine Visaprobleme, Flüge An- und Abmusterung wurde dem Reeder abgenommen, nur den Kapitän, dem man letztendlich sein Schiff und die Ladung für viele Millionen Dollar anvertraute, den sah man sich tunlichst selbst an, um bei einem persönlichen Gespräch zu prüfen, kann ich diesem Mann einen großen Teil meines Vermögens für eine gewisse Zeit übergeben.

Kapitän Joachim Brander galt als erfahren, und wurde im Bremer Kontor der vor kurzem gegründeten Reederei Walburga zu einem Vorstellungsgespräch empfangen.

Der Geschäftsführer stellte während des Gesprächs die Firma vor, und man wurde sich schnell handelseinig. Die Heuer war sowieso im Tarifvertrag geregelt, egal ob man unter deutscher oder ausländischer Flagge fuhr, und es gab wenig monetären Verhandlungsspielraum, da im Hintergrund fahrendes Personal aus den osteuropäischen Ländern bereit stand, die für weniger Geld sofort einsatzbereit waren.

Brander und der geschäftsführende Gesellschafter waren sich schnell einig, und der Reeder verkündete dann mit den markigen Worten: " Wir sitzen alle in einem Boot, willkommen an Bord" die Einstellung in die Reederei.

Erstaunen auf der Seite von Kapitän Brander, der sich nicht erinnerte jemals so „kernig" mit Schulterschlag angeheuert zu haben.

„Na ja", dachte Brander bei sich, „der Geschäftsführer rührt ja mächtig rum. Aber bei dem repräsentieren seiner Firma, braucht er keinen Vergleich zu scheuen, ein modernes Schiff der renommierten Werft Sietas in den Vereinsfarben einer deutschen Bundesligamannschaft, schneller Aufbau der Firma, da kann ich mir nur wünschen er geht nicht über Kopp!"

Leider geschah einige Jahre später genau das, Selbstüberschätzung und Gier nach einem Prominentenstatus sind beileibe keine gute Kombination.

Wenige Tage später sollte er dann über Frankfurt nach China fliegen, zuerst Beijing (Peking), und von dort nach Wuhu am Jang Tse Kjang, um dort Teil der dortigen Bauaufsicht zu werden, gebildet von 2 kroatischen Technikern und einem weiteren Kapitän, die gemeinsam den Neubau von Anfang an begleiteten.

Vorbereitung auf die Reise

In den Tagen vor der Abreise besorgte sich Kapitän Brander schnell noch etwas Literatur, um sich in Ansätzen über die Mentalität und Eigenarten des Gastlandes zu informieren.

Wenn man Ihn dann im Flieger schmunzeln sah, konnte man sicher sein, irgendein Kapitel seiner Bücher weckte in Ihm mit amüsanten Einzelheiten über das Verhaltens von Chinesen in gewissen Situationen mehr und mehr Verständnis für Ihre Eigenheiten im Umgang mit Ihren Landsleuten, aber auch ihr Selbstverständnis gegenüber Ausländern.

Was Ihn richtig amüsierte war wohl die Tatsache, dass ein Chinese anscheinend immer das Gegenteil von dem sagte, was er von seinem Gegenüber erwartete, oder um es anders auszudrücken, was sein Gegenüber glauben sollte, was er beabsichtigte, aber gegenteilig oder abgewandelt ausführte.

(Au, das war ja auch schon fast Chinesisch ausgedrückt).

Eine Geschichte als typisches Beispiel:

Ein deutscher Gastgeber lädt ein chinesisches Paar bei deren ersten Reise in Europa ein, Ihn zu besuchen.

Vor der Abreise schreibt der Ehemann aus China in seinem Fax an den Gastgeber:

„ Kommen gegen 11:00 Uhr am Flughafen in FFM an, bitte machen Sie sich nicht die Mühe uns abzuholen, wir möchten ihnen auf keinen Fall irgendwelche Umstände bereiten…."

Will heißen von chinesisch nach Deutsch übersetzt:

„ Kommen gegen 11:00 Uhr in FFM an, bitte holen Sie uns unbedingt ab, wir kennen uns nicht aus…....

Ja, sagte sich Kapitän Brander im Stillen, das kann ja richtig lustig werden, und nimmt sich vor immer zu lächeln, und alle Dinge in Ruhe an sich herankommen zu lassen, und in jedem Fall zu versuchen die wirkliche Meinung seines zukünftigen Gesprächspartners zu erahnen, und entsprechend zu handeln, um sich die nötige Achtung und den Respekt der chinesischen Mitarbeiter zu verschaffen.

Das Abenteuer beginnt

Mit der Lufthansa von Frankfurt nach Peking, dort nahm Ihm der chinesische Zoll verdächtige CDs ab, die er zu einem späteren Zeitpunkt zurückerhalten sollte.

Leider trat dieser Umstand nie ein, seine CDs die sexuelle Inhalte hatten, waren wohl für immer in der Hand des chinesischen Zolls, die nun ihrerseits das Material wahrscheinlich in privater Atmosphäre besichtigten.

Die Reise führte Brander zu einer Stadt mit dem Namen

„Wuhu" , Ihm bis dahin völlig unbekannt, und endlich erwartete Ihn bei Ankunft ein gemütliches Hotel, um dann am nächsten Morgen endlich die „ MS Joy of the Seas" zu sehen, die dort vor einigen Monaten, im Jahr 1999 in der Jiang Dong Werft auf Kiel gelegt wurde.

Nun lagen noch etwa ein bis zwei geplante Monate vor Kapitän Brander, der dieses Schiff, zusammen mit 3 weiteren Abgesandten der Reederei bauabschnittsweise flussabwärts, zu verschiedenen weiteren Werften als Bauaufsicht begleiten sollte, ein Zeitraum in der das Schiff Stück für Stück weiter ausgebaut, und ausgerüstet werden sollte, als letzte Station war eine Ausrüstungspier in Shanghai vorgesehen.

Laut diesem Zeitplan sollte er dann endlich in See stechen können, um die Jungfernreise nach Auckland in Neuseeland zu beginnen, wo schon vor Baubeginn des Schiffes eine mehrjährige Charterpartie abgeschlossen wurde, mit Anlaufhäfen auf der Inselgruppe von Tonga Nuku'Alofa und Neiafu, und dann weiter nördlich nach Apia auf American Samoa.

Arbeitsbeginn in einem fremden Land

In Wuhu war für Kapitän Brander ein Zimmer in einem Hotel reserviert worden, dort wohnten auch die anderen 3 Leute der Bauaufsicht, ein deutscher Inspektor Meier (China Meier, wegen seines langmonatigen Chinaaufenthaltes beim Bau mehrerer Schiffe), und 2 kroatische Techniker, die sich seit Baubeginn hier aufhielten.

Der nächste Morgen mit Frühstück, kurz nach 06:00 Uhr, und dann 1 Stunde später mit dem chinesischen Fahrer und einem Kleinbus zum Fluss, wo unser Containerschiff schon auf uns wartete.

Da lag Sie nun die „Joy of the Seas", auf den ersten Blick, machte der Neubau einen guten Eindruck, ein schlankes hochgebautes Containerschiff, mit 99 Meter Länge, einer Breite von 18,50 Meter und einem Tiefgang von 6,5 Metern, der ozeanblau angemalten Außenhaut und einem Deadweight von 5.500 Tonnen, eine elegante Erscheinung, an einer verschmutzten mit allerlei Schrott- aber auch neuen Ausrüstungsteilen Pier in Dang Jang, einem Ort etwas flussabwärts von Wuhu.

Der Sonne, die schon einige Stunden am Himmel stand, gelang es Ab und An die schmierige, von Abgasen und ungefilterten Industrieabgasen geschwängerten Luftschichten zu durchdringen, aber was blieb war immer nur eine gelbliche Erscheinung am Himmel, die man mehr ahnte als sah, leider ein Bild überwiegend über allen Ballungsgebieten Chinas, das täglich eine Dunstglocke wie einen tristen, grauen Schleier über das gesamte Land legte.

Als erstes wurde Kapitän Brander herumgeführt, und vorgestellt, unter Anderem einer hübschen Übersetzerin, die von der Werft gestellt wurde, und deren Aufgabe es war, das Technikteam der Reederei über alle Arbeitender und Planungen der Ingenieure auf dem Laufenden zu halten.

Das täglich stattfindende Meeting mit der Werftleitung, und den Reedereivertretern wurde jeden Tag gegen 09:00 einberufen. Ein Arbeitsplan für die nächsten Tage wurde jeweils ausgearbeitet, und die Fortschritte der vergangenen Tage diskutiert, wenn es denn überhaupt Fortschritte gab..

Für Kapitän Brander sah dies auf den ersten Blick leidlich professionell aus, leider folgten den guten Vorsätzen so gut wie keine Aktionen, weil der Werftbetrieb in hohem Maße unorganisiert, und gleichzeitig gleichgültig von den leitenden und leider auch inkompetenten Ingenieuren und Direktoren geführt wurde.

Die Ausführungen des Inspektors und die Bemerkungen der kroatischen Techniker ließen erahnen, dass der Zeitplan für den Antritt der Charter und die Ablieferung in Auckland nicht eingehalten werden konnten.

Um sich ein erstes Bild zu verschaffen machte sich Kapitän Brander daran einen ausgedehnten Rundgang vom Kiel, bis zur Brücke zu unternehmen, und fand schnell heraus, dass sich von etwa 100 an Bord befindenden Arbeitern 80 – 90 % irgendwo schlafend herumlagen, in Kabinen, Lagerräumen für den zukünftigen Store oder ganz abgehärtete die sich auf den nackten Boden der noch nicht eingerichteten Brücke gelegt hatten.

„Das fängt ja heiter an" dachte er bei sich, bewunderte aber gleichzeitig die stoische Ruhe, niemand ließ sich stören, wenn er eine Tür aufmachte, gleichzeitig zollte er den „Jungs" wie er Sie bei sich nannte auch Achtung, da der Untergrund knüppelhart war, entweder lagen sie auf dem harten Decksboden, einige lagen sogar auf Brettern, die in Eisen-regale eingefügt waren, und eines Mittags fand er auch zu seinem Erstaunen den deutschen Chief Ingenieur auf einem Brett liegend, mittenmang von chinesischen Mittagsschläfern, sah es, verkniff sich jegliche Bemerkung, und verließ wortlos und unbemerkt den Raum, in dem er Ihn vorgefunden hatte.

Das Mittagessen war bestellt, und er wollte sich mit den Schlafeigenheiten seines zukünftigen Chiefs jetzt nicht auseinander setzen.

Kapitän Brander staunte nicht schlecht, über die Arbeitsweise und Gegebenheiten die er vorfand, in Europa undenkbar, und er wusste sofort, dies wird eine Mammut Aufgabe, die Leute zu motivieren, aber das sich sein Chief, als zukünftiger Leiter der Maschine, auch noch bei den Werftarbeiterbrigaden einreihte und ebenfalls auf einem Holzbrett schlief, musste er erst einmal verarbeiten..

Nicht nur, dass ein großer Teil gar keine Anstalten machte, überhaupt etwas zu tun, sondern auch die, die sich dann und wann aufrafften irgendeine Tätigkeit zu verrichten, taten dies entweder sehr ungenau, langsam oder sogar fehlerhaft, so dass die Bauaufsicht gefordert war, Korrekturen immer wieder aufs Neue einzufordern.

Ein anstrengender Job für die Reedereivertretung, ungemütlich für die Übersetzerin, die den Ärger der

Reedereivertretung spürte, und selbst nicht in der Lage war gegen die Gleichmütigkeit Ihrer eigenen Landsleute anzugehen, es war ja auch nicht Ihr Job Ihre Landsleute zu motivieren, gleichwohl bekam Sie auch den Unmut der beiden Kroaten mit.

Gegen Mittag war dann der tägliche Gebrauch mit den hölzernen Einmalstäbchen angesagt, und das vorab bestellte immer schmackhafte Essen wurde in Styropor Behältern, die in einzelne Fächer für jeweils Reis, Gemüse und Fleisch oder Fisch, individuell angeliefert.

Eigentlich eine tolle Sache, leider wurde der Yang Tse Fluss täglich mit zig Tausenden dieser Essensbehälter bedeckt, die jedermann achtlos in den Fluss warf, und auf diese Weise ohne über die Umweltschäden nach zu denken, einfach entsorgte. Kapitän Brander nahm sich die Zeit dies in Ruhe zu beobachten, mehr blieb ihm in den ersten Tagen ja auch nicht übrig, und die vielen Schachteln auf dem Fluss erinnerten ihn an weiße Möwen, die sich auf der Wasseroberfläche niederlassen und sich auf den Miniaturwellen, hervorgerufen durch den leichten ablandigen Wind, wie in einer leichten Dünung wiegten.

Abends gönnte sich Kapitän Brander im Hotel dann ein „Tsingtao" Bier um den ersten Tag abzuschließen, und auch, um die nötigen „Umdrehungen" für die Nachtruhe zu erreichen.

Ein neuer Tag

Inspektor Meier (China Meier), als Vertrauter des Reeders, spulte sein morgendliches Telefonprogramm ab, und sprang außerhalb der Hörweite von Kapitän Brander herum, und kam hernach in seiner vollen Größe von 165 cm mit stolzgeschwellter Brust heran gerauscht, und forderte alle auf sich doch bitte pünktlich einzufinden, um den Fahrer nicht warten zu lassen; will meinen: „Seht her , ich habe hier das Sagen, und wir wollen doch bitte ganz früh unter meiner Führung an Bord sein."

Die Aufgabe des Kapitäns war es unter Anderem auch diverse Schweißarbeiten der chinesischen Werftarbeiter zu kontrollieren, Laschringe, Poller die dann auch einigermaßen ausgerichtet zur Klüse stehen sollten, ohne dass später die Festmacherleinen an anderen vorspringenden Teilen schamfielen sollten, sondern frei auf Kraft festgemacht werden konnten, mit genügend Bewegungsfreiheit für den Decksmann.

Leider wurden die Maße der vorgegeben Pläne nicht immer eingehalten, und Brander und das Team markten dann mit Kreide die Stellen an, die nachgearbeitet werden mussten oder falsch oder versetzt angeschweißte Elemente wieder entfernt werden sollten.

Die Chinesen, durch längere Zusammenarbeit mit den Kontrolleuren gewitzt, entfernten dann mit einem Tuch die Erinnerungsmarkierungen, und versuchten dergestalt der Mehrarbeit zu entkommen.

Da wir uns aber Notizen gemacht hatten, wurden die Korrekturarbeiten immer wieder auf die tägliche Agenda gesetzt, aber stießen wie jedes Mal, wenn Sie angesprochen wurden, auf wenig Begeisterung.

Unsere kroatischen Kontrolleure reagierten teilweise sauer und verloren durch Ihre vehemente zeitweise etwas aggressive anmutende Art, in den Augen der chinesischen Werftarbeiter Ihr Gesicht, weil Sie durch die hartnäckigen Verweigerungen Ihrer Gegenspieler Ihre Lautstärke steigerten und zu guter Letzt, ließen Sie sich sogar zu Beschimpfungen hinreißen, und leider disqualifizierten sie sich letztendlich, und wurden durch verachtende Blicke bestraft, die leider Ihre ansonsten gute Aufsichtsarbeit noch weiter behinderte.

Die Chinesen machten weiter wie bisher, und die Beschimpfungen prallten an ihnen ab, so dass durch die kulturellen Unterschiede ein schlechtes Klima entstand, welches dem planmäßigen Bau des Schiffes insgeheim abträglich war.

Die Stadt, der Markt, die Menschen

Endlich der erste Samstag, eine gute Gelegenheit sich die Stadt anzuschauen.

Kapitän Brander macht sich landfein, Straßenschuhe, ein Paar Jeans, ein weißes Hemd mit kurzen Ärmeln, so geht es aus dem Hotel heraus in Richtung Markt.

Gewöhnungsbedürftig die Kinder, die mit den Finger auf Ihn zeigen, und laut rufend und lachend an den Händen Ihrer Mütter ziehend, sich über diese „Langnase" lustig machen, einige staunend mit offenem Mund, anscheinend haben es bis hierher nur wenige Weiße geschafft, jedenfalls verursacht er doch schon einiges Aufsehen, und ist ein wenig unsicher, zu einer Straßenberühmtheit zu werden.

Doch schon bald geht Kapitän Brander leicht lächelnd weiter und nach nur einigen Augenblicken hat er sich auch schon daran gewöhnt etwas Aufsehen zu erregen, und schaut nunmehr seinerseits voller Neugier auf dieses für Ihn geschäftige, fremdartige Treiben.

Auf den Straßen gibt es jede Menge Garküchen, und auch etwas Fleisch auf Holzspießen, Teig lang und dick wie ein Unterarm wird herum geschwungen, dann mit beiden Händen auseinander gezogen, vor der Brust herumgewirbelt, um als Nudel in einem der Töpfe zu enden, heißer Essensdampf steigt aus den Töpfen, die Köche schwitzen in ihren weißen kurzärmeligen Leinenhemden, Autoabgase wehen durch die befahrenen Straßen, doch trotz alldem, alles sieht so lecker und verführerisch aus, dass er gar nicht daran vorbei gehen kann, einige dieser Leckerbissen müssen einfach probiert werden.

Die Neugier hat wieder einmal gesiegt, und das freundliche Lächeln der Umstehenden, die Ihn neugierig begafften, um zu sehen ob es Ihm auch schmeckte, bereitet Ihm Freude.

Leider gibt es keine Möglichkeit der Verständigung, außer Mandarin, und Brander hat während des Fluges einige Wörter geübt, so kommt Ihm nun ein „Xiexie" etwas verlegen über die Lippen, aber es scheint als ob dieses Danke wirklich gut ankommt; aufgeregtes Geschnatter, Lachen und wahrscheinlich auch irgendwelche Guten Wünsche werden übermittelt, aber Kapitän Brander steht äußerst hilflos in der Ihn umringenden Menschenmasse.

Na, wenigstens zupfen die Kinder und Frauen nicht an meinen Ärmeln und Hosenbeinen herum, wie vor Jahren in Indien knurrt er in seinen Bart und wendet sich langsam ab, immer noch lächelnd nach allen Seiten, sich langsam verbeugend.

Irgendwie schon ein bisschen anstrengend das Ganze, denkt er bei sich, und macht sich gemessenen Schrittes heimwärts zum Hotel, wo Ihn zu allem Überfluss ein chinesischer Karaoke Abend erwartet.

Zurück im Hotel

Im obersten Stockwerk des Hotels eilen die Kellner geschäftig hin und her, eine ungeheure Fülle von allen möglichen Gerichten wird an die Tische getragen, es gibt nur eine Handvoll von Europäern im Restaurant, die Speisekarte zum Glück mit einem Englisch sprachigen Teil, die Einheimischen lassen es sich schmecken, prosten sich zu, und leeren ihre Gläser nach einem Trinkspruch mit einem einzigen Zug.

Mensch, die lassen es sich richtig gut gehen, denkt sich Kapitän Brander und bestellt sich erst mal ein westliches Essen aus der mehrseitigen bunten Speisekarte.

Nach der Aufgabe seiner Bestellung schaut sich Brander verstohlen um, ein Kellner geht an einen der großen Tische für wo etwa 12 Gäste sitzen, vielleicht sogar mehr, eine gelbe fette Schlange auf dem Arm die sich lasziv langsam um den Ärmel windet, tatsächlich, die Schlange wird bestellt, wahrscheinlich eine Vorspeise, die in mehrere Stücke geschnitten wird, damit alle zugreifen können.

Die Chinesen an den Nebentischen reden laut, ohne Scheu, lachen prosten sich einem lauten „Kampai" fröhlich zu, schlucken Ihren Drink mit einem Zug, und lassen sich sogleich nach schenken. „ Also Essen und feiern können die ganz gut, würde gerne mit am Tisch sitzen" dachte Brander bei sich, und tat so als würde er nichts wahrnehmen, um nicht als neugieriger staunender Westler zu gelten.

Hier im Hotel kann er die Karte noch lesen, aber in allen anderen Restaurants und Gasthäusern in der Stadt ist alles in Landessprache gehalten, und bestellen kann er nur indem er auf etwas zeigt, und dann geht es auch schon flott los, und die Speisen werden schnell herangekarrt, Überraschungen einbegriffen, aber bis jetzt schmeckt alles gut.

Beim Betreten der Bar und der Disco, gibt es ein Büchlein mit verschiedenen Songtiteln, feierlich und pathetisch vorgetragene chinesische Musik, einige Schlipsträger gehen dann immer steifbeinig auf die Bühne und interpretieren in einem hohen Singsang Soprantöne, Ihre Lieder, gepaart mit heroischen Hintergrundvideos sind leider nichts für westliche Ohren.

Manch hehre Schlacht wird im Video dargestellt, und alle anwesenden sind begeistert, aber irgendwann, gerade als Brander sich davon stehlen möchte, wird auch er aufgefordert einen Titel zu singen.

Nach längerem Zureden, lässt er sich dann erweichen, einsehend dass er nicht einfach davon kommen kann, und er

entscheidet sich für einen „Elvis Song", trägt verlegen lächelnd vor, und wird dann mit frenetischen Applaus und einigen Umarmungen eines angetrunkenen Mitsängers der sich während des Songs mit einem zweiten Mikrofon auf der Bühne mit vergnügte, mit herzlichen Umarmungen verabschiedet, und muss unbedingt einige Drinks akzeptieren, die seine chinesischen Mitstreiter Ihm kredenzen.

Ein wenig angetüddelt fällt er hernach in sein Bett, und so vergeht Tag um Tag.

Am nächsten Wochenende dann über den Markt, farbenfroh, alles irgendwie Lebende wird dargeboten an kleinen Ständen oder Tischen, nur einige Türöffnungen führen in die Halle hinein oder hinaus. Ein dumpfer Geruch von Blut, Fischgeruch und Schweiß erfüllt schwer lastig die Luft, am liebsten würde Brander jetzt ein Atemgerät aufhaben. Kleine Ferkel bis mittelgroße Schweine werden direkt in der Halle geschlachtet,

ein entsetztes Quieken und lautes Schreien der Tiere erfüllt die gesamte Halle, dazwischen die Rufe und Preiskundgebungen der Händler, feilschende Kunden bepackte kleine Menschen die allenthalben hin- und hereilen ein geordnetes Durcheinander auf höchstem Niveau.

Brander hat alle Mühe sich an diesen Trubel, der Geschäftigkeit und den starken die Nase angreifenden Gerüche zu gewöhnen.

Ein paar Meter weiter frisches Obst, dann Gewürze, und Gemüse, Fische in Plastikbehältnissen schwimmend, alles wird getan um Tiere und andere Nahrungsmittel so lange wie möglich frisch oder am Leben zu halten, bevor Sie verzehrt werden, so kommt es auch vor, und dies ist ganz normal, dass kleine Langusten, Flusskrebse oder Crevetten nach dem Fang, lebend auf einen Holzspieß gesteckt werden, und sich noch auf dem Spieß windend, Brander das Gefühl gebend, er werde noch einmal angeschaut, bevor die armen Kreaturen in die siedende Flüssigkeit eingetaucht werden, die in der Mitte des Tisches in einem eisernen Topf über der Gasflamme erhitzt wird.

Trotz dieser Umstände, war Branders Lieblingsspeise in

China, bei der Fleisch, kleine Shrimps auf Spießen gesteckt, weiße Pilze, (Golden Mushroom oder Enoki-Pilze (Flammulina velutipes) dieses sind zarte, weiße Pilze, mit langen dünnen Stielen und sehr kleinen Köpfen (deshalb auch englisch Golden Needle Mushroom genannt), auch als Winter-Schneepilze bekannt), und auch Speckröllchen zum Garen eingetaucht werden, „ 火锅" **Hua Goa"** ausgesprochen, in Englisch „HotPot" genannt, einfach ein köstliches, scharfes Gericht.

Manchmal so enorm scharf gewürzt, dass die Erkältung, mit dem einhergehenden Schnupfen, mit dem man vorher kämpfend das Restaurant betrat, einfach von einem Moment zum Anderen nach den ersten Bissen, wie weggeblasen war.

"Joy of the Seas" wird verholt

Die "Werftheinis", wie Kapitän Brander mittlerweile die faulen Schiffsbauer nannte, verholen das Schiff flussabwärts nach Luan-Shu, zu einer Werft, die um vielfaches schneller arbeitet als die Leute in Wuhu, sie sind nicht nur effektiver sonder auch mit weit mehr Fachwissen bestückt, trotzdem sind die Wuhu Leute noch an Bord, und ziehen Ihren zähen, langsamen Schlafwagenarbeitswahn mit bewährtem „Eifer" weiter durch.

Eine koreanische Technikerfirma ist inzwischen angekommen, um die nautischen Geräte zu verkabeln, die Funkgeräte einsatzbereit zu schalten, das Wetterfax muss im Dauerbetrieb getestet werden, kurz alle Brückengeräte in einen funktionsfähigen Zustand versetzt werden.

Die Koreaner halten nichts von Ihren chinesischen Kollegen und eine schon herablassende Verachtung ist zu spüren.

Inzwischen wurden auch die Containerschuhe überall angeschweißt, die später im Lade-und Löschbetrieb die 20' und 40' Container aufnehmen sollen.

Mit einem Kran und 2 Containern überprüfen Brander und der Reederei Inspektor die Stellplätze, und dann wird das Protokoll ohne Mängelvermerk gegengezeichnet.

Eine weitere Maßnahme ist abgeschlossen.

Am Abend geht es dann gemeinsam zu einer Kartbahn, die einzige Abwechslung in einer Millionenstadt wie Nanjing, außer einer Discothek, wo Kapitän Brander an der Bar eine wunderschöne chinesische Studentin kennenlernte.

Jedenfalls glaubte er, dass es eine Studentin war, aber was soll's, eine weitere Erfahrung mehr, als nur die tägliche Bordroutine, diesmal machte es richtig Spaß.

Auf der Kartbahn werden die neu angelieferten Modelle für Sie bereitgestellt, da man Brander und seine Begleiter inzwischen kennt, bekommen Sie die neueren Fahrzeuge, die auch mehr PS haben, als die alten Gurken, die gewöhnlich für die „ normalen" Driver bereitstehen.

In der Halle war ein ziemlich guter Kurs angelegt, an den engen Stellen mit aufgestapelten Autoreifen gesichert, der links herum führte, mit einigen Schikanen, aber 90 % der Strecke konnte im Vollgas Modus gefahren werden, das Kart schleuderte rutschend um die engen Kurven, der Rundenrekord lag bei 36,5 Sekunden, gehalten von einem der leichtgewichtigen kroatischen Techniker, und war seit Wochen auch von den noch leichtgewichtigeren Chinesen nicht geknackt worden.

Der massige Brander mit seinem Vollbart zwängte sich hinter das Steuer und fuhr die erste Runde mit über 50 Sekunden, sehr zum Gelächter seiner Mitstreiter, die immerhin meist unter 40 Sekunden lagen.

Nach einigen Runden dann endlich zum ersten Mal unter 50 Sekunden, vor lauter Freude gab er den Anderen eine Runde Bier aus.

Immerhin für jeden ein preiswertes Vergnügen, der Spaß für 1 Stunde fahren, kostet mal gerade umgerechnet 5 $ US, das war leicht zu verkraften.

Ein bedauerlicher Todesfall

Am Abend hatte Brander noch mit dem Chief Ingenieur, der wenige Tage nach Ihm in China eintraf, ein, zwei Bierchen in der Hotelbar getrunken, hörte dem Chief Ingenieur geduldig dabei zu, als dieser liebevoll einige Geschichten über seine polnische Ehefrau erzählte, und ankündigte, er wolle für Sie im Hotelshop noch ein paar kleine Aufmerksamkeiten erstehen, um Ihr seine Liebe zu zeigen.

Gegen 22:00 Uhr verabschiedete er sich, und auch Brander der noch ein weiteres Bier und einen Gin Tonic bestellte, sein Lieblingsgetränk, ging danach auf sein Zimmer, um sich auszuschlafen, im Hotel war sowieso nichts mehr los.

Gewöhnlich stand der Chief morgens frühzeitig auf und war regelmäßig vor 06.00 Uhr beim Frühstück, und unterhielt sich beim Eierköpfen mit den beiden Monteuren einer Bremer Hydraulikfirma, die für einige Tage auf dem Neubau eingesetzt wurden, um die pneumatischen Ventile der Ballasttanks einzustellen, an denen die unbedarften chinesischen „Fachkräfte" leider scheiterten.

Gewöhnlich erschien Kapitän Brander gegen 06:30 im Frühstückssaal, und begrüßte wie gewöhnlich die schon Anwesenden.

„Na, wo ist denn der Chief heute Morgen", fragte er die Monteure, an deren Tisch er Platz nahm.

„Bis jetzt war er nicht hier" war die Antwort, „ sonst ist er immer als Erster hier unten".

Kapitän Brander bat einen der chinesischen Angestellten am Zimmer des Chiefs anzuklopfen.

Zu gleicher Zeit erschien die Empfangsdame aus der Rezeption, und teilte Kapitän Brander mit, dass Sie an jedem Morgen um 05:30 in seinem Zimmer zum Wecken anrief, und das Telefon immer beantwortet würde.

Kapitän Brander dachte kurz nach, und entschied sich dann um einen Nachschlüssel zu bitten, und begab sich mit der Hotelangestellten zum Zimmer des Chief Ingenieurs.

Mehrmaliges Klopfen, später etwas heftiger, blieb ohne Antwort.

„ Nun denn", ordnete Kapitän Brander schließlich an, „dann öffnen wir doch einfach die Tür und schauen selber nach".

Nach dem Öffnen der Tür betrat Kapitän Brander vorbei an einem Garderobenschrank und der offenen Badtür das Zimmer, und sah seinen Kollegen friedlich, aber irgendwie leblos, auf dem Rücken mit leicht geöffnetem Mund regungslos auf dem Bett liegend. Vermutlich war er durch einen Hirnschlag im Schlaf gestorben.

Ein erstes Anfassen ergab, dass der Körper schon kalt war, und dunkle Leichenflecken an der unteren Körperhälfte gut zu erkennen waren.

Brander bat die entsetzt dreinblickende Empfangsdame die offiziellen Stellen zu benachrichtigen, damit der Tod amtlich festgestellt werden konnte.

In einem chinesischen Hotel ist der Todesfall eines Hotelgastes ein großes Unglück, es kann auch vorkommen dass bei Bekanntwerden alle chinesischen Gäste das Hotel verlassen, weil nach deren Auffassung das besagte Hotel unter einem unglücklichen Stern stehe, und nur eine unverzügliche Abreise und Entfernen von diesem Ort weiteres Unglück von Ihnen fernhält.

In vielen Hotels gibt es keine Zimmer mit der Nummer 4, und auch Etagen wechseln von der 3. auf die 5. Etage, für einen Europäer manchmal etwas verwirrend, der nach dem 3. Stockwerk logischerweise das Vierte erwartet. Der Grund ist relativ einfach, die Zahl 4 in der chinesischen Sprache hört sich an wie das Wort Tod, und mal ehrlich wer will da schon einziehen?

Shanghai

Von Nanjing aus wurde „Joy of the Seas" unter chinesischer Leitung nach Shanghai verholt, während Brander und die anderen Reedereimitarbeiter auf dem Landweg reisten.

In Shanghai angekommen, wohnte Kapitän Brander in einem neuen gerade eröffneten Hotel im 23 zigsten Stock, mit einem fantastischen Blick über die Stadt.

Eine Millionenstadt quasi aus dem Nichts gewachsen, innerhalb weniger Jahre, einfach eine Sensation, wenn man Berichte von Leuten hörte, die besagten, dass es ein paar Jahre vorher keine Hochhäuser gab, und die Stadt wie über Nacht eine sensationelle Wendung genommen hatte.

Am Fluss des Yang Tse gelegen, beeindruckten die enormen Bauten, die breiten Straßen, die riesigen bunt leuchtenden Neonreklamen, und das ameisenartige Treiben.

Kapitän Brander, der aus dem Staunen nicht mehr herauskam, nach den Wochen, die er in vergleichsweise beschaulichen Städten erlebte, die teilweise auch über 5 Millionen Einwohner hatten, aber in Europa völlig unbekannt waren, machte sich auf zu Fuß die nähere Umgebung des Hotels zu erkunden.

Das Schiff lag mittlerweile an einer Ausrüstungspier am Fluss, und die Werft machte sich daran vor der Probefahrt, mannigfaltige Restarbeiten auszuführen, in den nächsten Tagen sollte die philippinische Besatzung eintreffen, der neue Chief war ebenfalls im Hotel untergekommen, und ein deutscher Zweiter Offizier frisch nach seinem Studium freute sich auf seine erste große Reise auf dem fast fertiggestellten Neubau.

Auf einem Binnenschiff wurden nun alle möglichen Ausrüstungsgegenstände angeliefert, von den in Plastik eingepackten Matratzen für die Kojen, bis zum Pinsel, Feudel, Farben die im Kabelgatt gestaut werden mussten, Pött und Pann für die Kombüse, Seekarten, Stechzirkel, Schreibblöcke, Brückentagebücher, CD,s zur Installation für die elektronischen Seekarten, Signalflaggen, Seehandbücher mit den Beschreibungen der Seewege, und Seehäfen des anzufahrenden Fahrtgebietes, alles musste von der neuen Besatzung seefest verstaut und gelascht werden, eine gute Gelegenheit für Kapitän Brander seine Besatzung und Offiziere einzuschätzen, und Sie bei dieser Gelegenheit näher kennen zu lernen. Nun kamen die beiden 80 Tonnen Kräne zu einem ersten Einsatz, und die Matrosen konnten sich im hoch gelegenen Führerhaus einen ersten Eindruck über die Handhabe mit den neuen Schwergutkränen und der entsprechenden Technik vertraut machen.

Um sich selbst ebenfalls ein Bild zu verschaffen, kletterte Kapitän Brander die Innenleiter der beiden an Backbord angebrachten 80 Ton Kräne hinauf, und kontrolliert die Funktionsweise der Kräne, den Notausschalter, sowie die Füllstände der Betriebsstoffe.

Eine letzte Diskussion mit dem Inspektor der Reederei, der partout nicht einsehen wollte, dass das Krangerüst das als Auflage für den Ausleger des 80 Tonnen Krans diente, nach Einschätzung von Kapitän Brander zu schwach konstruiert war, besonders, weil keine Augen an Deck angebracht waren, um den Ladeblock mittels Drahtstropp vertikal fest zu hieven, um damit mehr Stabilität in die gesamte Konstruktion zu bekommen.

„Herr Meier, ich halte es nicht für ausreichend, wenn der Ausleger des Krans einfach nur auf den Stützen abgelegt wird, sorgen Sie bitte noch dafür, dass zusätzlich ein Auge an Deck angebracht wird, um den Ausleger durchzusetzen."

„Kapitän, machen Sie sich keine Sorge, alles ist durchgerechnet, und das Schiff genau nach Vorgabe gebaut, ich weiß wirklich nicht, was Sie immer auszusetzen haben, es ist doch alles in Ordnung, und wir wollen hier doch keine zusätzlichen Kosten verursachen."

Wie so oft fehlen Einsicht, und auch die Courage bei der Reederei Sicherheitsbedenken des fahrenden Personals zu berücksichtigen.

Bei sich dachte Brander wie schon ein paar Mal bei dem Bau dieses Neubaus, dieser Inspektor hat ja die Weisheit mit Schaumlöffeln gefressen, und sein dämliches Grinsen, trägt auch nicht dazu bei die Sicherheit des Schiffes zu erhöhen. Stattdessen sagte Brander zu Meier: „ Wissen Sie, ich habe da ein verdammt schlechtes Gefühl, mit diesem Ding los zu fahren, besonders dieser hohe Turm auf der Back macht mir Sorgen, wenn da mal nichts schief geht. Er wusste in diesem Moment noch nicht, wie sehr seine Befürchtungen sich bewahrheiten sollten, ja, dass sie sogar bei weitem übertroffen werden sollten.

Sie wissen genau so gut wie ich, welche Kräfte gerade bei Ballastreisen auftreten, wenn das Schiff bei Schlechtwetter überholt, die Rollbewegungen sind viel schneller und heftiger, als bei abgeladenem Schiff, bei einem hohen MG, weil der Gewichtsschwerpunkt so hoch liegt."

„Ja, ja Kapitän Brander, aber wir lassen das so wie es ist, das letzte Schiff wurde genau so gebaut, und alles ist gut." Brander ahnte zu diesem Zeitpunkt noch nicht, dass er auf diesem Schiff, einen absoluten Horrortrip erleben würde.

Damit war die kurze Diskussion beendet, genau wie schon vorher einige frustrierende Meinungsverschiedenheiten, ein jähes Ende nahm, durch die besserwissende Art dieses,

„Reederei Inspektors" der die Bauleitung, leider auch das Sagen und das Vertrauen der Reederei hatte, weitere Worte waren sinnlos.

„ Der Knabe hat wohl nur große Schiffe gefahren, und versucht mit seinem überheblichen Getue seine mangelnden Erfahrungen zu kaschieren, so ein Idiot", ging es Kapitän Brander durch den Kopf, und wandte sich dann endgültig ab.

Am 28.06. erfolgte dann die Übergabe von der Werft an die Reederei, und feierlich, unter dauerndem Getute des Signalhorns, fand der Flaggenwechsel statt, indem die Werftflagge, sowie die chinesische Nationalflagge gegen die Flagge mit einem Walemblem der Reederei, und der Flagge von Antigua und Barbuda getauscht, und langsam und feierlich gehisst wurden. Nach 12 Tagen in Shanghai, freuten sich Kapt. Brander und seine Besatzung, nach weiteren 2 Tagen in See stechen zu können.

Auf der Brücke liefen alle nautischen Geräte seit Tagen Non- Stopp, um deren Standfestigkeit zu testen, der 2.

Nautische Offizier beschickte das Programm mit den elektronischen Seekarten, und zeichnete auch die Kurse in den Papier Seekarten ein, und ordnete die Seekarten der Reihe nach in die Schubladen im Kartentisch ein.

Langsam nahm alles Formen an, und ein funktionierender Schiffsbetrieb mit seinen täglichen Routinen bahnte sich allmählich an.

Kapitän Brander beantwortete noch etliche Fragen zu den Kursen, und das voraussichtliche ETA zum Bestimmungsort Auckland in Neuseeland, kontrollierte zusammen, das Laschen der Ausrüstungsgegenstände, und den zusätzlichen Ölfässern an Deck, besprach die Ausführung der einzelnen Positionen in der Sicherheitsrolle, bei Feuergefahr und in Seenotfällen beim Verlassen des Schiffes, sorgte dafür, dass alle Besatzungsmitglieder über Ihren Part Bescheid wussten, und hielt am nächsten Tag, einige Sicherheitsübungen ab, die an den Meeting Points die in der Sicherheitsrolle aufgeführt wurden, abgehalten wurden.

In einer Musterrolle wurden alle Besatzungsmitglieder erfasst, die Ziehscheine wurden festgelegt, die Befähigungen an Hand der mitgebrachten Zeugnisse und Nachweise eingetragen, eine Menge Schriftkram, der vom Kapitän erledigt werden musste, und von jedem Besatzungsmitglied gegengezeichnet wurde.

Zwei wichtige Übungen mussten noch vor dem Auslaufen abgehalten werden, als erstes löste der 2. Offizier von der Brücke den Feueralarm aus, und die Besatzung versammelte sich zu einem Manöver in der Kombüse, wo ein Brand durch überhitztes Öl angenommen wurde, und von dort auf die Mannschaftsmesse übergegriffen hatte.

Der Feuerstoßtrupp brachte die Geräte laut Feuerrolle an den angenommenen Brandherd, Schläuche wurden an die Hydranten angeschlossen, das Strahlrohr angebracht, mit dem Schlauchschlüssel an der C-Kupplung festgezogen, Feuerlöscher bereit gestellt, der Geräteträger schlüpfte schon in die Stiefel des feuerfesten Anzugs, die Atemschutzmaske vorschriftsmäßig fest gezogen, die Pressluftflaschen auf dem Rücken, den Druck am Manometer überprüfen, und dann den Anzug überalles gezogen, die Sicherheitsleine angebracht, und den Helm aufgesetzt, alles sollte so schnell wie möglich aber auch so sicher wie möglich ablaufen. Der Geräteträger öffnete nun vorsichtig die Messetür, nachdem ein Matrose schon mit dem 5 kg Pulverlöscher den Brand in der Kombüse gelöscht hatte, und ruckte an der Sicherheitsleine. Die vereinbarten Signale wurden vorher ausgemacht:

1 Ruck = Alles in Ordnung

2 Ruck = Wasser Marsch

3 Ruck = Wasser Stopp

Andauerndes Rucken bedeutete = Gefahr, holt mich hier raus.

Kapitän Brander hatte laut Feuerrolle die Gesamtleitung auf der Brücke und verständigte sich per Walkie Talkie mit dem 2. Offizier, der den Feuerstoßtrupp leitete.

„Feuerstoßtrupp an Brücke, der Brand ist gelöscht, wir ziehen uns zurück, Wasser genug an Deck."

„OK, Second, zur Sicherheit sollte in Zukunft ein wirkliches Feuer an Bord sein, so setzen Sie nach dem

Löschen des Feuers noch eine Brandwache ein, um sicher zu sein, dass sich ein Feuer nicht erneut entzündet, ohne dass wir es bemerken. Danke, und Manöver beendet. Tragen Sie die Einzelheiten mit den jeweiligen Uhrzeiten bitte als Nachweis in das Tagebuch ein".

„Wir veranstalten nun noch ein Rettungsbootsmanöver, lassen Sie die Besatzung auf dem Bootsdeck antreten, und nachdem die Vollständigkeit aller Besatzungsmitglieder festgestellt ist, bitte die Zeit checken, wie lange die Leute gebraucht haben, bis sich Alle mit angelegter Schwimmweste auf der Musterstation versammelt haben".

Wir schießen das Boot diesmal nicht ab, das haben wir ja vor ein paar Tagen mit dem Germanischen Lloyd gemacht, aber lassen Sie die Laschings abnehmen, und alle sollen sich auf Ihren nummerierten Platz setzen, so dass wir kein Durcheinander befürchten müssen, sollte es zum Ernstfall kommen".

Inspektor Meier sah man an dass er insgeheim froh war, bald nach Deutschland ab zu reisen. Sein Job war erledigt, und er wartete nur noch darauf, dass wir endlich ablegten, und unser Heck in seine Richtung zeigte.

Am nächsten Tag, kam dann noch der Kompensierer an Bord, und fertigte die Kompensationstabelle mit den Missweisungen des Magnetkompasses auf den verschiedenen Kursen an, löste den Deckel der oben auf dem Messingrohr der innen steckenden Flinderstange angebracht war, schraubte diesen wieder auf, veränderte noch leicht den Abstand der schweren Kugeln am Kompass, und überreichte mit einer höflichen Verbeugung das nunmehr amtliche Dokument an Kapitän Brander, der die Tabelle an den 2. Offizier weitergab, wobei dieser das Papier in eine Plastikhülle einschweißte, und dann über dem Kartentisch hinter Glas befestigte, so dass dieses Papier immer greifbar war.

Kapitän Brander bedankte sich mit einem Softdrink, eine Flasche Whisky wurde nicht akzeptiert, beim Kompensierer, der die Dose in die Tasche steckte, um Sie mit zu seinen Kindern zu nehmen wie er sagte, und ließ sich seine Arbeit durch die Unterschrift von Kapitän Brander bestätigen.

Freundliches Grinsen, eine weitere Verbeugung, und die besten Wünsche für eine glückliche Reise, - der Kompensierer ging von Bord.

Letzter Juni Tag, erster Reise Tag

Im Decks-Tagebuch kann man es nachlesen:

07:00 Uhr Pilot on board - Lotse an Bord

07:30 Uhr Let go all - Alles los

Draft - Tiefgang bei Abfahrt: V= 3,60m A= 5,50m

Alle Ballasttanks voll, die Achterpiek leer, Heelingtanks sind zur Hälfte gefüllt, Bilgen und Laderäume trocken.

Frischwasser 60 Tons, 260 Tons HFO Schweröl, 50 Tons Diesel ca. 50 Tons Ausrüstung an Bord.

Besatzung ist gesund und vollzählig an Bord.

Wind: Süd Ost 2-3 Beaufort.

09:35 passieren Jinduan Light Vessel (Racon)

10:25 passieren Boje 6

11:24 Pilot off - Lotse von Bord

12:00 Beginning of sea voyage - Anfang der Seereise

50 Reviermeilen zurückgelegt.

Visibility: Die Sicht beträgt 6-8 sm.

Mit Südöstlichem Kurs und Eco Speed ging es jetzt durch das Ostchinesische Meer.

In einer leichten Dünung wiegte sich das neu erbaute Schiff auf seiner Jungfernfahrt leicht Auf und Ab, und rollte langsam um wenige Grad, von einer Seite zur Anderen.

„ Von mir aus kann das Wetter, so bleiben, dann steht einer gemütlichen Überfahrt nichts im Wege, und die Besatzung kann die restlichen Arbeiten ausführen, so dass wir bei Ankunft Oakland in Neuseeland gleich ladebereit sind", sagte Kapitän Brander, zu seinem 2. Offizier Clausen, der schon vor seiner Wache um 12:00 Uhr auf der Brücke war, um sich mit dem Seegebiet vertraut zu machen.

Mr. Cortez, der 1. Offizier, mit seinen 55 Jahren routiniert und in den asiatischen Gewässern befahren, übergab die Wache an den 2. Offizier Clausen.

„Ok, Second, Course 147 degrees true, wind 2-3 South Easterly, please enter every 30 minutes your position into the log book, and wake me up at 17:00 hours for dinner, thanks, and have a good watch"!

Um 13:03 Uhr GPS Position 30° 51,0' Nord, 122° 47,0' Ost, Kurs 147° rechtweisend.

Kapitän Brander war seit dem Auslaufen am Morgen auf der Brücke, und ließ sich zur ersten Wache seines 2. Offiziers sein Mittagessen auf der Brücke servieren, denn er wollte sehen wie Clausen seine erste Seewache als Offizier ausführte, da dieser seine Kapitänsprüfung, mit ausgestelltem Patent vor Kurzem erst frisch bestanden hatte. Theorie in der Seefahrtschule und eine bestandene Prüfung ist eine Sache, aber die Praxis konnte nur an Bord dazu gelernt werden.

„Herr Clausen, nehmen Sie mal den nächsten Wetterreport auf Sat C auf, und vergleichen diesen mit den tatsächlichen Wetterverhältnissen hier vor Ort." so konnte Brander gleich mal sehen wie sich der Neue anstellte.

Die einkommenden Seewetterberichte bestätigten seine positive Einstellung, die einzige Komplikation war die

Aufforderung seiner Reederei, ein fiktives 2. Tagebuch zu führen, um den neuseeländischen Charterer zu täuschen, dem das Schiff schon weit vor Ankunft avisiert wurde, der Termin konnte selbstverständlich nicht eingehalten werden, das Schiff war ja keine Rakete, und der Charterbeginn war schon in einigen Tagen.

In anderen Worten, die Reederei hatte dem Charterer den Auslauftermin des Schiffes mitgeteilt, als es noch in Shanghai an der Pier lag, ein paar Tage, bevor es überhaupt von der Werft übergeben wurde.

Brander war sauer, es widerstrebte Ihm dem Charterer während der ganzen Überfahrt schlechtes Wetter vor zu gaukeln, um die Verspätung zu begründen, nur weil der Reeder den Chartertermin durch die verspätete Ablieferung durch die chinesische Werft nicht einhalten konnte, für den Charterer war es ein leichtes die aktuellen Wetterberichte zu bekommen, und den Kapitän zu widerlegen.

Kurz, Kapitän Brander hatte die Arschkarte.

Kapitäne sind manchmal in einer Zwickmühle, wollen Sie Ihren Job behalten und auch in Zukunft überhaupt noch bei einer anderen Reederei anheuern, müssen Sie sich wohl oder übel zähneknirschend den Anordnungen Ihrer Reederei fügen, seien Sie am Ende noch so sinnlos..

Die „Manning Agencies" streiten ab eine sogenannte „Schwarze Liste" zu führen, aber es ist ein offenes Geheimnis, dass die Kommunikation untereinander reibungslos funktioniert, und wenn der Reeder irgendwelche „Verfehlungen" weitergibt, kann es schon passieren, dass nach 2 bis 3 Anmerkungen in der Personalakte es nicht mehr möglich ist auf weiteren Schiffen anzuheuern. Die Buschtrommeln funktionierten ausgezeichnet zwischen den Personalabteilungen, der Agenturen, besonders wenn man sich wie in Limassol zum Essen trifft, und den neuesten Klatsch lauwarm austauscht.

Brander widerfuhr bei einem Gespräch eine Begebenheit, an die er sich gerade in seinem Ärger über seine momentane Zwangslage erinnerte, er bewarb sich vor einigen Jahren über eine Agentur, mit der bis dahin keinen Kontakt hatte. Er wollte seine Bewerbungsunterlagen übermitteln, verbarg jedoch sein Erstaunen als man Ihm erwiderte:

„Dies ist nicht nötig, wir haben Ihre Unterlagen vorliegen, Lebenslauf, Ihre Fahrzeiten bei den Reedereien, zuletzt waren Sie doch bei Reederei XYZ…, wir melden uns in Kürze bei Ihnen!"

Brander ließ neben dem Tagebuch, ein offizielles Dokument, die Eintragungen mit falschen Datum und Geschwindigkeiten vornehmen, und in einer Kladde, die tatsächlichen Begebenheiten in Bleistift niederschreiben. Eine absolute Zumutung, jeder Idiot konnte Ihm an die Karre pinkeln, die Tat war strafbar, und zu jeder Zeit konnte sich jemand aus der Besatzung verplappern, ein blöder Plan, gewachsen auf dem Mist des Eigners Stahlberg, und seines dubiosen Inspektors Meier.

Um 18:00 Uhr hatte das Schiff 96 Seemeilen zurückgelegt, mit einem Schnitt von 16 Knoten, und befand sich auf der Position 29°42,8' Nord, 123° 37,2' Ost

Um 24:00 Uhr waren weitere 93 Seemeilen abgefahren, und die neue Position 28°26,2' Nord, 124°33,1' Ost

Der erste Tag, und die erste Nacht auf See verliefen reibungslos, alle, bis auf die eingeteilten Seewachen konnten ausschlafen, es war Sonnabendmorgen und die Sonne schien friedlich auf das Schiff hinab, welches sich mit 15-16 Knoten seinen Weg Richtung SE mit eingetauchtem Tropfensteven, majestätisch langsam auftauchend und wieder absinkend in der tiefblauen See, seinen Weg bahnte.

Ab und an waren einige Delphine zu beobachten, die spielerisch seitlich des Schiffes elegant aus dem Wasser sprangen, und dann nach dem Eintauchen mit schnellen Flossenschlägen Richtung Vorsteven strebten, um dort verspielt akrobatische Salti vorführten.

Original Text im Tagebuch: Vessel is pitching slightly in SE' ly sea, SE' ly winds 2-3 bft.

06:00 GPS Position Lat.: 27° 04,4' N , Long.: 125° 33,6' E Barometer Reading.: 1014,5 mb, distance made good 96 nautical miles.

Die Besatzung sollte sich zum Wochenende als Erstes in Ihren Räumen einrichten, und packte dazu diverse Ausrüstungsgegenstände aus den Verpackungen aus, begann Fernseher, Radios, aufzustellen, füllte die Schränke mit Tassen, Tellern, Besteck, Servietten, legte Ersatzbettwäsche, Handtücher, zu den persönlichen Effekten in Ihre Kammern, jedes Besatzungsmitglied verfügte über eine Einzelkammer, ein Umstand den es zur Zeit von Kapitän Brander's Matrosenzeit nicht gegeben hatte.

In seiner Kapitänskabine wunderte sich Brander welcher Blödmann, die Konstruktion der Innenräume geplant hatte, seine Kammer mit einem separatem Schlafraum und Bad, war jedenfalls weniger als halb so geräumig, als alle anderen Kapitänskabinen, die er bisher auf seinen vergangenen Schiffen vorgefunden hatte.

Er dachte noch: „Wenn ich hier eine Erektion kriege, muss ich wahrscheinlich die Tür aufmachen, Mist dass man die Gurke nicht vorher gesehen hat, aber nun muss ich wohl in den sauren Apfel beißen".

Computer, Bildschirm und Drucker aufgestellt, ließen kaum Platz auf dem Schreibtisch, um überhaupt noch einen DIN A 4 Block zu platzieren, der Fernseher gegenüber der winzigen Sitzecke auf einem halbhohen Schrank gestellt, verengte das geringe Platzangebot noch mehr, und um sich in die Sitzecke zu zwängen, musste sich Brander wie ein Fragezeichen biegen, und scherenschnittartig, zusammenfalten, Knie unter den Tisch, die Oberschenkel waagerecht unter die Tischplatte klemmen, den Hintern über die Sitze und dann seitlich verschiebend, Platz nehmend.

Vor dem Schreibtisch sitzend, entweder vorher die Türe öffnen, oder aber aufstehen, um Platz für die sich öffnende Tür machen, sollte jemand hereinkommen.

„ Die Inneneinrichtung hatte wohl jemand entworfen, dem „Bonsai Menschen" als Besatzung vorschwebte, oder ein Perversling, der brave Seeleute wie die Pest hassen musste, auf jeden Fall eine Zumutung".

Brander ertappte sich, wie er sich humorvoll bei sich selbst entschuldigte, dass er normal gewachsen war!

Dabei waren die Zeichnungen für diese Schiffsserie in Bremerhaven von einem Konstruktionsbüro erstellt worden.

Brander beschriftete noch einige Aktenordner, und stellte diese in das Bücherbord, es war ein Ordner für die Stabilitätsberechnungen, ein Ordner für die Abrechnungen an die Reederei, ein weiterer für die Crewing Agency die zukünftig sämtliche Abrechnungen für die Besatzung aufnehmen sollte, sowie ein Ordner für die Kantinen- und die Proviantabrechnung, alles was er in der nächsten Zeit benötigen würde, und mit vielen Papierseiten gefüllt würde.

Gegen Ende der Wache von Wachoffizier Clausen betrat er die Brücke, kontrollierte die 18:00 Uhr Position, und sah dass „Joy of the Seas" inzwischen den Breitengrad 24° 26,7' N, und den Längengrad 127° 23,5' E passiert hatte und weitere 93 Seemeilen zurückgelegt hatte. Einige tropische Schauern hatten das Schiff im Vorüberziehen gestreift, die Decks trockneten schnell bei der tropischen Wärme, und dem leichten Fahrtwind. Bis Mitternacht legte das Schiff sogar 98 Seemeilen zurück, immerhin ein guter Speed von 16,33 Knoten.

Eier nach Wunsch

Jeden Donnerstag und Sonntag gibt es auf See oder im Hafen immer wiederkehrend das Frühstück: „Eier nach Wunsch" eine alte Seemannstradition, die Brander schon sein gesamtes Seemannleben begleitete, genau so, wie es an jedem Sonnabend Eintopf gab.

Seit vielen Jahren mit philippinischer Besatzung, hatte sich nichts geändert, da die philippinischen Köche, in Schulen auf Zypern und den Philippinen gelernt hatten, diese Eigenart der deutschen Seeleute zu beachten. Irgendwie schon ein Relikt, denn oft ist der einzige deutsche Seemann an Bord der Kapitän. Wenn es hoch kommt, hat man eventuell einen deutschen Chief, und nun auch noch einen deutschen 2. Offizier.

Mit dem philippinischen Koch hatte die deutsche Besatzung Glück, dieser verstand deutsche Gerichte in hervorragender Weise zu kochen, und dazu gab es zu jeder Mahlzeit die philippinische Küche, für die Mehrzahl der Besatzungsmitglieder, Brander schätzte auch diese, und aß gerne mit dem 1.Offizier zusammen, der sich zu jeder Mahlzeit seinen obligatorischen Reis mit Soja Sauce, kleingeschnittenem Knoblauch und beigemengtem Salz bringen ließ.

Kapitän Brander gustierte die Eigenheiten und kostete immer auch die Gerichte der Crew, oft verzichtete er auch auf die deutsche Küche, da Ihm das fremdartig gewürzte Fleisch, und auch die asiatischen Gemüse, zum Beispiel „Ladyfinger" sehr gut mundeten, was Ihm aber überhaupt nicht schmeckte, war Tomatenfisch aus der Dose, in der Pfanne gebraten, und das manchmal zum Frühstück, es stank abartig, und dieser grausame Geruch bestimmte dann für einige Stunden die Luft in den Wohnräumen, die nicht verschont wurden. Manche Sachen waren schon ein wenig abartig, wenn der trockene gesalzene „ Bacalhao" ohne gewässert zu werden, ebenfalls in einer anderen Pfanne brutzelte, und atemraubend nasenverachtend durch das gesamte Schiff stank, aber das kam selten vor, und Brander konnte sich mit diesen Eigenarten ganz gut arrangieren, er musste ja nicht alles mitessen.

Ein erster Grillabend auf dem Achterdeck, sorgte für eine private Atmosphäre, und Kapitän Brander hatte nun die Gelegenheit alle Besatzungsmitglieder näher kennen zu lernen, und die Crew merkte bald, dass Sie in guten Händen war, und keinen Eisenfresser als Kapitän hatte, der Sie bei jeder Gelegenheit zusammenfaltete.

Leider gab es einige Vertreter dieser Gattung, die gerne Ihren Unmut an den von Ihnen verachteten Filipinos ausließen, im Grunde friedliebende, fürsorglich für Ihre Familien sorgende Menschen, nur aufbrausend wenn man Sie in Ihrem Stolz verletzte., In der Regel mit Kontrakten von neun Monaten ausgestattet, war dies schon ein hartes Brot, so lange von der Familie getrennt zu sein, waren Sie froh, wenn Sie nicht angeschnauzt wurden, dabei immer willig Ihre Arbeit verrichtend, und meist dabei ein Lächeln zeigend.

Gott sei Dank sind diese „ Führungskräfte", die diese Leute schikanierten, inzwischen in der Minderheit, und es hat sich ein relaxtes Arbeiten zwischen den verschiedenen Nationen an Bord heraus kristallisiert, basierend auf gegenseitiger Achtung und Höflichkeit, was dem laufenden Schiffsbetrieb nur positiv entgegenkam.

Der Sonntag verlief ruhig, bis gegen 12:00Uhr legte das Schiff weitere 195 Seemeilen zurück, bei Südöstlichen Winden um 2-3 Beaufort, der Barometerstand 1012 Millibar, mit wohligem Sonnenschein, eine unternehmungslustige Atmosphäre verbreitend.

Weitere 94 Meilen legte der 2. Offizier Clausen auf seiner Wache zurück, der Wind kam noch immer mit 2 Beaufort aus Südost, und das Barometer fiel leicht um 3 Millibar auf 1009.

Gegen Abend frischte der Wind dann auf, inzwischen waren es 5 Beaufort, aus der gleichen Richtung wie seit Auslaufen Shanghai, verschiedentlich wehte etwas Gischt beim Eintauchen des Stevens über das Vorschiff, und eine leichte Salzschicht legte sich nun über das Deck, und die hydraulischen Faltdeckel der Luken, das Barometer sinkt unmerklich auf 1008 Millibar.

Um 22:00 Uhr , inzwischen mit Windstärken um 7-8 Beaufort, Kapitän Brander hatte den Pitch schon nach dem Grillen mit der Besatzung auf dem Achterdeck, auf 60-70% reduziert, um Erschütterungen beim Eintauchen in die zwischenzeitlich größer werdenden Wellenberge zu vermeiden, und schreibt nun in das Wach-Orderbuch: „ Order an den Wachoffizier- sollten Wind und See weiter zunehmen, bitte entsprechend den Pitch weiter reduzieren, und mich bitte wecken, wenn der Seegang weiterhin zunimmt.

Unterschrift: Brander

Der Erste Offizier Cortez schreibt um 24:00 in das Logbuch:

GPS Pos. Lat.: 18° 08,8' N, Long.: 131° 54,1' E

Wind: ESE 8-9

Barometer reading 1006

Distance made good 66 nautical miles.

Vessel pitching in high seas and swell, heavy rain falls.

Spritzwasser wehte jetzt über das gesamte Schiff, bis hinauf zu den Brückenscheiben, intervallmäßig fuhren die pneumatisch angetriebenen Scheibenwischer ruckartig hin und her, um klare Sicht zu geben, laut Wetterbericht, war für dieses Seegebiet weiterhin eine leichte Brise vorhergesagt.

Die See kam nun ziemlich genau gegen an, und erste Schaumkronen zeigten sich auf den Wellenkämmen, und wurden vom Wind weg geweht.

In der nächtlichen Dunkelheit, glitzerten die weißen Schaumkronen, und wie unregelmäßige Linienmuster legten sich auch Schaumstreifen in Längswindrichtung auf die aufgewühlte See.

„Herr Kapitän, gut geschlafen"? begrüßte Ihn Clausen, als Kapitän Brander der ein wenig zerknautscht aussah, gegen 01:30 am Montagmorgen die Brücke betrat; „Na ja, abgebrochen, man schläft halt nur so gut wie es das Geschaukel zulässt, lass uns den Pitch noch weiter runterfahren so gegen 50%, so wie es aussieht, ist die automatische Pitchregulierung ausgefallen".

Ein Instrumentarium, nicht besonders wichtig, aber hilfreich, indem sich der Anstellwinkel der Schraube bei schlechtem Wetter dem Seegang automatisch anpasste, um die Maschine auch bei gegenankommender See optimal zu belasten. Nun mussten stattdessen die Umdrehungen der Welle reduziert werden, da der Pitch Propeller nur noch wie eine feststehende Schraube arbeitete.

Brander dachte noch so bei sich: „ Gegenüber früher hat sich doch alles verändert, damals gab der Kapitän seine Befehle, -Halbe Kraft Voraus- der Wachoffizier zog dann am Maschinentelegraphen den Hebel in das vorgesehene Feld, ein Klingelton wie ein Alarm machte das Maschinenpersonal auf den Geschwindigkeitswechsel aufmerksam. Im Maschinenraum wurde dann der Hebel am dort angebrachten Telegraphen gleichgeschaltet; ein Klingelton auf der Brücke zeigte an, dass der Befehl verstanden wurde. Dann regelte das Maschinenpersonal die Umdrehungen der Hauptmaschine, und heute ist alles wie ein Spielzeug, der Kapitän sorgt mit einem leichten Zug am Gestänge für weniger oder mehr Speed, so einfach, als bediene man einen Außenborder.

Vor Jahren wurde das Bugstrahl eingeführt, und erleichterte das An-und Ablegen, in dem eine in Längsachse des Schiffes im Steven angebrachte Schraube (Propeller), das Vorschiff nach Backbord oder Steuerbord drückte, je nach Laufrichtung.

Die meisten wissen heute überhaupt nicht mehr wie man ein Schiff ohne den ganzen Schnick Schnack Längsseits gebracht hat.

Da musste man schon alles gut einschätzen;

Let Go Bb. Anker 1,5 Schäkel zu Wasser, Ruder Hart Backbord, Maschine umsteuern, im Geiste zählen, 21 und

22, dann auf Rückwärts legen, und dann hören…tock, tock, tock – ja sie hat umgesteuert, mit Hilfe des Ankers eingeschwungen, Vorspring an Land, Maschine Stopp, Umsteuern auf Voraus, und langsam in die Spring eindampfen, Fier den Backbord Anker leicht mit, noch 15 Meter Voraus, so gingen die Kommandos blitzschnell von den Lippen, über die Bordlautsprecher, und dann war man längsseits, nun noch die Achterspring festmachen, dass man nicht beim Rückwärtsmanöver in den Hintermann an der Pier fährt, und dann Vor- und Achterleinen an Land und durchholen, dann das Kommando: „ Schiff ist in Position, Mach so fest."

Und dann beim Ablegen ohne Hilfe eines Schleppers, nach dem Loswerfen der Leinen, „ Let go All"; die Kette durchgeholt, der Steven klappte ab, und los ging die Reise.

Alles ist gerade ein paar Jährchen her, und die Technik hat alles viel einfacher gemacht, heute fahren wir die Gurken wie ein Auto an die Pier, wenigstens hab ich noch alles im Griff, wenn mal eine neue technische Errungenschaft ausfallen sollte, dann kommen auf jeden Fall die alten Tugenden und die einmal erworbene Seemannschaft zum Tragen.

Langsam wird es ungemütlich

Bis zum Wachwechsel um 06:00 wurde nur eine Distanz von 36 sm zurückgelegt, ein Schnitt von nur 6 sm/Stunde.

Plötzlich ein lautes vehementes Krachen, wie wenn etwas abreißt, und dann ein Aufschlag wie Donnerhall, direkt über den Köpfen der Brückencrew, ein Getöse und Hin und Herfahren danach, als wenn Tonnen von Eisen auf das Peildeck geworfen wurden.

Brander und Cortez, die bei diesem Aufprall vor Schreck zusammen zuckten, sahen sich an, und Brander sagte nach einer kurzen Pause: „Hörte sich an als ob der gesamte Mast aufs Deck geknallt ist, das kann doch überhaupt nicht sein! Ich steige mal die Leiter aufs Peildeck rauf und schaue nach, was überhaupt los ist."

„Wecken Sie bitte einen weiteren Matrosen, so wie dieses Gewicht da oben hin und her schleudert, müssen wir auch Tauwerk zum Laschen haben".

Als er seinen Kopf über das Deck steckte, sah er die Bescherung, der Steuerbord Radar Scanner war mitsamt Motor aus dem Signalmast auf das Monkey Deck gefallen, und hatte das unbeschreibliche Getöse ausgelöst.

„Mein lieber Mann, wenn hier jemand gestanden hätte, er wäre glatt erschlagen worden", dachte Brander, das Eisendeck war ordentlich durch gebeult, mit dem Radar Scanner, schlurrten noch 2 rote Signallichter mit Kabelrohr über das Deck, und schlugen heftig mit den Bewegungen des Schiffes an Steuerbord und Backbord gegen die Reling.

Auf dem Peildeck blies der Wind ungebremst und eine leichte Schauer, peitschte die Regentropfen in die

Gesichter, drang durch die Kleidung und presste das nasse Zeug auf den Körper, überall zupfte und zerrte der Wind an den Seeleuten, die mit zusammengekniffenen Augen halb blind, über das nasse glatte Eisendeck rutschend, die Hände nach dem schweren Scanner ausstreckend, darauf achtend, nicht von dem rutschenden Ungetüm erfasst zu werden. Knochenbrüche, oder Quetschungen konnten jetzt nicht ausgeschlossen werden. Keiner hatte die Zeit sich Ölzeug gegen das schlechte Wetter überzuziehen, Begeisterung sah anders aus!

Jeder wusste was er zu tun hatte, wenn auch so ein Vorkommnis, dass eine Radarantenne mit Motor sich aus dem Mast eines neu erbauten Schiffes verabschiedete zu den absoluten Besonderheiten von denkbaren Unglücksfällen gehörte.

2 Matrosen und Kapitän Brander der sich an der Sicherstellung der herumrutschenden Radarantenne beteiligte, gelang es schließlich den Scanner mit Motor einzufangen, und das Geschoss, wie er es bei sich nannte, an der Vorkante des Peildecks zu laschen.

Eins von 2 Radargeräten war für Gut außer Gefecht,

„ Fängt ja gut an", sagte Brander zum Ersten Offizier, nachdem er wieder in der Brücke stand, „was haben die denn da angeschweißt, unglaublich, das Schiff bewegt sich zwar ordentlich, aber so etwas darf nicht passieren, das ist ja lebensgefährlich, als wenn die in China dieses Ding mit Pattex zusammengeklebt haben, was wahrscheinlich sogar besser gehalten hätte, die Bauaufsicht hat gepennt, der Germanische Lloyd hat gepennt, einfach alle, die die Aufgabe hatten die Schweißarbeiten zu kontrollieren,

Wahnsinn, bin gespannt was bei dem Wetter noch auf uns zu kommt".

Dabei sind zwar 8-9 Windstärken zugegebener Maßen Schlecht Wetter, aber für alle Fahrensleute normal, und kein Grund sich aufzuregen.

Nach einem kräftigen Frühstück, gebratenem Corned Beef mit gerösteten Zwiebeln, darauf etwas Ketchup eine Scheibe Brot mit etwas Butter , fühlte sich Kapitän Brander wieder auf dem Damm, und betrat erneut die Brücke, um den WX

(Wetterbericht) um 08:18 Uhr Bordzeit zu empfangen.

Der WX beschrieb die allgemeine Wettersituation basierend auf die Bordzeit von 6 Stunden vorher, und gab eine Prognose für die nächsten 24 Stunden.

Ein Tief mit einer Zuggeschwindigkeit von 6 Knoten in nördlicher Richtung mit maximal 30 Knoten Windgeschwindigkeit war angesagt, und befand sich 240 Seemeilen von der „Joy of the Seas" entfernt.

„Mr. Cortez, schauen Sie sich den Wetterbericht an"! sagte Kapitän Brander zu seinem Wachhabenden, „kann doch überhaupt nicht angehen, 30 Knoten Wind entsprechen 6-7 Beaufort, wir haben hier inzwischen Windstärke 10, das ist doch ein großer Unterschied, mal sehen was der nächste WX bringt".

„Bin ebenfalls erstaunt" erwiderte der Wachhabende, und beide balancierten abwechselnd bergauf und wieder bergab, weit vorn übergebeugt, nach Backbord gehend, wenn sich das Schiff jäh nach Steuerbord absenkte, um sich hernach nach hinten lehnend, wenn das Deck unter Ihnen plötzlich abschüssig war,   je nachdem wie das Schiff überholte.

Das Geheimnis sich auf einem schwankenden Schiff zu bewegen, ist im Grunde ganz einfach, der Körper muss nur eine Senkrechte Linie zum Erdmittelpunkt bilden, das ist schon alles.

Die Mittagsposition mit dem GPS war um 12:00 Bordzeit 17° 18' Nord und 132° 19' Ost.

In den letzten 6 Stunden hatte das Schiff nur eine Distanz von 18 sm zurückgelegt.

Bei heftigen tropischen Regengüssen, lief kurioserweise stetig Wasser aus den Toilettenabflüssen, und aus den Waschbecken, in allen Kammern, es schien als hätte man in der Werft versäumt die Rückschlagventile unter Wasser einzubauen.

Bei einem ersten Rundgang sah Brander ebenfalls das in Kammern und Messen, Schubläden von Schränken auf den Böden lagen, Türen in den Angeln hin und her schwangen, wie auf einem Geisterschiff, nur das hier ja die Besatzung an Bord war.

„Was für einen Scheißdreck haben die nur gebaut, es kann doch nicht sein, das bei einem normalen Schlechtwetter, das halbe Schiff auseinander fällt, verdammte Kiste, ich glaube nicht was ich hier sehe".

Die nächste Hiobsbotschaft kam vom Maschinenpersonal: „Kapitän, wir nehmen schwallweise Wasser durch die Maschinenraumlüfter Vorkante Brücke."

„Ok, Chief, dann lass doch einfach die Lüfterklappen

schließen". Antwortete Brander über das Bordtelefon zum Kontrollraum.

„Die können wir aber nicht dicht machen, sonst ist die Frischluftzufuhr für die Hauptmaschine nicht mehr gewährleistet". Kam die prompte Antwort.

„Mensch Chief, auf was für einen Eimer haben wir hier nur angeheuert, habe Dir noch nicht mitgeteilt, dass heute Nacht der Radarscanner mit dem schweren Motor aus dem Mast geflogen kam, unglaublich, ich glaube wir werden noch mehr Überraschungen erleben. Die haben uns hier irgendeine beschissene Konstruktion untergejubelt, die anscheinend nicht reif ist, um dem Schlechtwetter zu trotzen, in meiner Kammer steht das Wasser 10 cm hoch, und bei jedem Eintauchen des Achterschiffes kommt das Salzwasser aus den Abflüssen, inzwischen sind sämtliche Kammern unter Wasser, das Regenwasser wird durch das Schott des Brückenaufbaus gepresst, und Wasser läuft an den Wänden im ganzen Innenbereich herunter.

Ich weiß nicht was da alles undicht ist, aber sämtliche Isolierungen sind sowieso schon hinüber, die Kiste muss in einer vernünftigen Werft komplett auseinander genommen werden".

„Käpt'n, Sie wollen gar nicht wissen was hier unten alles los ist. Der Elektriker ist nur noch damit beschäftigt lose Schrauben nach zu ziehen, der Kontrollschrank wackelt auf den Fundamenten, jede Menge Kontakte sind lose. Lebensgefährlich, mehr will ich nicht sagen!"

„Chief, sieh zu dass Du Deinen Laden in Schuss bringst, wenn Du Leute brauchst, sag Bescheid, ich schicke Dir jeden den Du haben willst, hier an Deck ist so ziemlich alles unter Wasser, dieses Schiff ist ja wie ein U-Boot, habe so was noch nicht erlebt".

Der Wind nahm immer noch zu, und Kapitän Brander hatte Mühe sich überhaupt auf den Beinen zu halten, das Schiff ging äußerst heftig zu Kehr, er schaute auf den Krängungsmesser und zählte gleichzeitig die Sekunden in denen das Schiff von einer Seite auf die Andere krängte, kaum zu glauben, aber es waren nur knapp 6 Sekunden von 40° Backbord, bis 56 ° nach Steuerbord, Halleluja, kein Wunder dass er schon 2 Mal den Halt verloren hatte, und beim letzten Mal, schaute er von Backbord ganz oben stehend nach unten, durch die offene Tür der Steuerbordnock direkt in die See unter sich. Wie auf einem Trampolin, befand er sich plötzlich in der Luft, seine Füße hatten den unmittelbaren Kontakt zum Deck unter Ihm verloren, er nahm noch in der Luft Fahrt auf, die offene Tür kam direkt auf Ihn zugeflogen, er schaute direkt ins Wasser, und fand nirgendwo Halt. „Das war's dann wohl, so'n Scheiß, Ade Du schöne Welt" dachte kurz an seine kleine Tochter, sah noch wie Sie Ihn anlächelte, ein kurzer Film in Bruchteilen von Sekunden, er hatte im Grunde unbewusst schon mit seinem Leben abgeschlossen.

Dann ein Aufprall, sein Körper knallte auf das Deck, gerade als sich das Schiff wieder in Gegenrichtung aufrichtete, direkt vor der Steuerbord Nock, blieb er halb über dem Türsüll liegen. Er war wie betäubt, alle Knochen taten ihm weh, wie durch ein Wunder hatte Neptun Ihn wieder ausgespien.

Hätte das Schiff sich nicht mit einer ungeheuren

Geschwindigkeit wieder aufgerichtet, wäre er wohl, aus der Brücke, direkt ohne noch irgendetwas zu fassen zu bekommen, direkt in die See geschleudert worden.

Er richtete sich langsam auf, tastete mit seinen Händen an sich herunter:" Gott sei Dank, nicht verletzt", aber alle Knochen taten im weh, das war ja wie ein Ritt auf einem Wildpferd, mit anschließendem Abwurf.

Es ging auf Mitternacht zu, und inzwischen war es wie in einem Inferno, die Luft war von Gischt erfüllt, die Wellen rollten auf das Schiff zu, wuchsen immer weiter empor, und brachen dann über die Back, und überfluteten diese, mit dem Gewicht der Wellenberge das Vorschiff regelrecht unter Wasser drückend, wie eine gigantische Hand die von oben einen gewaltigen Druck ausübte.

Tiefgrüne Seen, ein Brecher nach dem Anderen brach über das Schiff herein, und über Allem war die Luft komplett mit Wasser angefüllt, welches durch den Wind angetrieben, mit tosendem Lärm, waagerecht ebenfalls auf das Schiff und die abgekämpften Gesichter in der Brückennock einpeitschte, es war, als befand man sich unter einem gigantischen Wasserfall, der von allen Seiten auf einen einstürmte, und der Alles verschlingen wollte.

Die Besatzung hatte sich vollzählig geschlossen in der Mannschaftsmesse eingefunden, die Mehrzahl hatte sich mit Schwimmwesten versorgt um für den Notfall gerüstet zu sein, niemand von ihnen hatte jemals so einen Sturm erlebt.

Einige baten darum auf die Brücke zu kommen, weil Sie das Gefühl hatten im Schiffsinnern nicht mehr atmen zu können, unten saßen Sie in der Nässe, des weiter durch die Abflüsse hereinkommenden Wassers, obenauf dem Boden der Brücke hockend, saßen einige bleich, und staunten über die haushohen Wellenberge, die regelmäßig über das Vorschiff rollten, nach Schätzung von Brander waren es Wellen, gemessen vom Wellental bis zur Spitze die leicht an die 20 Meter Höhe erreichten, nicht alle waren so hoch, aber die See lief auch noch ein wenig durcheinander, so dass sich die Wellenberge ergänzten und sich zu ungeheurer Höhe auftürmten, die Gischt wehte waagerecht über das Schiff hinweg, und selbst Brander war beeindruckt, auch wenn er schon 2 Hurrikans als Offizier in der Karibik erlebt hatte. Dieser Sturm aber schlug Alles was er bis dahin an Schlechtwetter erlebt hatte.

Er wusste dies war ein Taifun mindestens der Kategorie 4, unbegreiflich dass der Wetterbericht dieses Monster nicht erfasst hatte.

In der EGC Message Not. 232 von 20:15 Uhr, wurde nun erstmals ein „Tropical Storm" mit dem Namen Kirogi erwähnt. Die Winde um das Zentrum herum wurden mit 45 Knoten (Sturm 8-9) angegeben, später sollte dieser Sturm auf 60 Knoten(schwerer Sturm bis Orkan) aufbrisen. Der Barometerstand 990 Millibar.

Die Zugrichtung Nord Nord West mit 6 Knoten, das Schiff jetzt nur noch 40 sm vom Auge entfernt, das Barometer las Brander mit 993 Millibar, das Schiff zu drehen und abzulaufen, war Brander zu gefährlich, wenn „Joy of The Seas", schon bis fast 60° überholte, in dieser wahnsinnigen Geschwindigkeit, wollte Brander ein seitliches Überrollen bei diesen Wellen nicht riskieren, und entschloss sich deshalb den Bug gegen die See zu halten, und mit langsamer Fahrt gegen an zu dampfen.

Die Mitternachtsposition um 00:00 Uhr GPS Lat.: 17° 22,8' N , Long.: 132° 36,8' E

Wind: Ost 10   Barometer reading: 993

In den frühen Morgenstunden des 4. Juli nahm der Sturm noch weiter zu, und das Schiff stöhnte und ächzte in allen Verbänden.

Irgendwie hatten sich auch die Schiffsbewegungen geändert, fiel das Schiff auf die Steuerbordseite, blieb es immer einen Augenblick liegen, um dann wieder empor geschleudert zu werden, und wie ein leichter Tischtennisball an einer haushohen Welle runter zu rutschen, dann wieder ein Getöse, hoch aufspritzende Gischt, Wassermassen über das Vorschiff, das Schiff bebte und zitterte in allen Bereichen, das Achterschiff tauchte auf der Steven versank im nächsten Wellenberg, die Maschine lief im Leerlauf, die Schraube aufheulend sich schneller drehend, da der Wasserwiderstand urplötzlich wegfiel, und die Schiffsschraube sich frei in der Luft drehte..

Dann, als ob das Vorschiff wie von Zauberhand hoch in den Himmel gehoben würde, die Maschine plötzlich wieder Schwerstarbeit verrichtend, musste sie das gesamte Schiff den nächsten anrollenden Wellenberg bergauf drücken. Wenn es dagegen den Wellenberg hinab lief, von der Maschinenkraft der Schraube unterstützt, wurde es im nächsten Moment von einer sich auftürmenden Welle wieder jählings abrupt und brutal aufgestoppt, heftig zusammengestaucht, ohne Unterlass, eine ewig sich wiederholende Kraft, die unablässig auf das gebeutelte Schiff einschlug, eine harte Zerreißprobe für das Material, aber auch für die Besatzung, die seit Sonnabend so gut wie keinen Schlaf fand, in den nassen Innenräumen des Schiffes.

Einige schliefen minutenlang erschöpft ein, hatten Hunger, die gesamte Kühlung der Proviantanlagen war inzwischen ebenfalls ausgefallen, und an Kochen war nicht zu denken, die Töpfe und Pfannen wurden vom Herd geschleudert.

Um 00:30 Uhr stellte Brander fest, als er mit dem Fernglas, wie schon mehrmals während der letzten Stunden das Deck absuchte, dass die in Shanghai von der Crew gelaschten Ölfässer durch den heftigen Seegang und den steten Erschütterungen die Drahtlashings durchbrochen hatten, und mit den Holzbohlen und Brettern, auf denen sie gegen Verrutschen gesichert waren, wild über das Deck rasten, und beim Auftreffen gegen die Reling, und Containerstützen wie Kürbisse auseinander platzten, und der ölige Inhalt über Deck verteilt wurde.

Himmel-Herrgott-Sakrament, jeder der einen Fuß an Deck setzte, konnte einen Salto Mortale vollziehen, ohne sich besonders anzustrengen.

„Das Einfangen der Fässer können wir auch gleich vergessen, ist zu gefährlich für die Besatzung" sagte Brander.

„Niemand darf mehr an Deck, lass noch mal die Türen nachschalken."

Sämtliche Türen und Eisenschotten zu den Unterkünften, wurden schon vorher mit Holzkeilen verschalkt, um das

Eindringen von Seewasser durch diese großen Öffnungen zu verhindern, jetzt wurde sicherheitshalber noch einmal der Sitz der Keile kontrolliert, und wo nötig nachgeschlagen.

Kaum zu glauben

Um 02:49 erreichte uns WX 235. Originalmessage:

Typhoon warning of severe tropical storm Kirogi. Pos. Lat.: 17,1 N   Long.: 131,6 E. Weather situation: ESE 12 poor visibility 990 bar, heavy seas, rolling waves up to15 meter.

Sehe nur, da, zum ersten Mal eine Taifunwarnung an die Schifffahrt, ziemlich spät, die Position war nur noch 10 sm vom Auge des Taifuns entfernt, ohne Atem zu holen fegte der Orkan mit voller Stärke gegen das Schiff, das Barometer fiel auf 991 Bar, und die Position des Schiffes um 00:00 Uhr war laut GPS 17° 22,8′ Nord und 132° 36,8′ Ost.

Das Morgenlicht brachte die nächste unangenehme Überraschung.

Der Gittermast des Kranauslegers, mit dem darunter hängenden Hin und her schwenkenden Ladeblocks, arbeitete mit seltsamen Schwankungen, bei jedem Überholen des Schiffes weiter.

„Mach dich jetzt bloß nicht verrückt", dachte Brander bei sich und angelte sich erneut das Fernglas aus der Ablage, „ich sehe schon Gespenster, kein Wunder nach den bisherigen Vorkommnissen"!

„Herr Clausen sehen Sie was ich auch sehe"? fragte er den Steuermann,

„nehmen Sie mal Ihr Glas, und schauen sich den Kranstützen vorne an Backbordseite an, ich glaube er wurde durch den Ausleger des Krans aus dem Deck gehebelt. Verdammter Mist was passiert noch alles?

Hat sich denn Poseidon gegen uns verschworen? Haben die statt Eisen, diese Kiste aus Pappe gebaut?, das kann doch alles nicht wahr sein, auch wenn wir inzwischen mitten in einem Orkan von Stärke 12 stecken, aber das Schiff löst sich ja in seine Bestandteile auf, habe so ein Wrack, und dazu noch einen Neubau noch niemals unter meinen Füßen gehabt, ich glaube wir haben voll in die Scheiße gegriffen"!

„Wecken Sie mal den Bootsmann, der soll bitte auf die Brücke kommen."

„Morning, boatswain, looks like that one of our heavy lift cranes, the forward one says good bye to his support. "

„Have a look, with one of the glasses over here, do you think you could make it into the crane house, when I reduce furthermore??"

"I'll try Captain, will be ready in a minute."

"Please take the VHF with you, and when you are up, let me know what you see, be careful, please. " There was also an oil spill on deck, and it might be slippery, the seawater has not washed everything over board." sagte Brander in Ruhe, trotz seiner Angespanntheit, gepaart mit einer gewissen Müdigkeit nach so vielen Stunden auf der Brücke, sich das schlechte Wetter unablässig anschauend und überlegend wie es weiter gehen soll.

In den letzten 12 Stunden hatte sich das Schiff trotz seiner fast 6000 PS, so gut wie überhaupt nicht von der Stelle bewegt, im Gegenteil, Wind und Seegang hatten das Schiff wie ein willenloses Blatt trockenen Laubes vor sich her getrieben, ein Schiff mit tausenden von Tonnen Gewicht, ein Spielball der Wellen, so dass der Taifun das Schiff in nördliche Richtung mitnahm, obwohl das Schiff wenn auch mit langsam laufender Maschine gegen an, grobe Richtung Südosten steuerte.

Sämtliche Muskeln bei Kapitän Brander schmerzten, an sitzen war nicht zu denken, er war ununterbrochen auf der Brücke, hatte inzwischen per Satellitentelefon die Reederei über die missliche Lage informiert, und musste sich beim Telefonieren krampfhaft mit einer Hand an den Handgriffen der Brückeneinrichtung festhalten, dass die Knöchel weiß hervortraten.

„Na, mal sehen ob es was Neues von der Reederei gibt".

„ Hallo Peter, wir sitzen hier richtig in der Scheiße"! Bin selbst seit mehr als 48 Stunden auf der Brücke, Kommt mir so vor als wenn die Brückenaufbauten aus Papier wären, das Wasser dringt überall ein, sämtliche Kabinen sind betroffen, bei mir selbst habe ich das Wasser 10 cm hoch über deck laufen. In der Maschine hat man alles vor loser Kabel, Chief Mutz rief an und beklagte sich darüber, dass die Stromkabel lose im Kontrollschrank baumeln, und selbst der Konrollschrank nur lose an Deck festgeschraubt ist. Der Elektriker ist anscheinend seekrank, und im Grunde ein Totalausfall, jedenfalls ist der Chief stinksauer. Wie es aussieht, verabschiedet sich auch der Ausleger und die Auflage des Auslegers von Kran 1, das Deck scheint ausgebrochen zu sein, und wie es aussieht haben wir ein mehrere Quadratmeter großes Loch auf der Back, durch welches Seewasser eindringt!"

„Kapitän, am besten verlassen Sie bei nächster Gelegenheit das Schiff, wir haben schon Kontakt zu einem dänischen

Kümo aufgenommen, der in der Nähe ist, und verhandeln schon mit der Reederei."

„ Peter Du kennst mich, bisher bin ich noch immer mit dem Schiff im Hafen eingelaufen, und niemals ohne"!

„Käpt'n lass die Gurke sausen, wir sind versichert, bringt Euch in Sicherheit"!

„Ok, Peter, aber wir bleiben hier an Bord, bis nichts mehr geht, immer noch der sicherste Platz, vor dem Absaufen."

Hör zu, wir sind 24 Stunden „Stand By" im Kontor, Du kannst Tag und Nacht jederzeit über SAT anrufen, wir koordinieren von hier. Good Luck"!

Metergroße Löcher an Deck

„Was nutzt es mir, dass ich Recht hatte, als ich anmahnte weitere Laschpunkte anzubringen, es ist das eingetreten was ich im schlimmsten Fall befürchtet habe, Inspektor Meier schläft ruhig, dem war so wieso scheißegal, was mit dem Dampfer passiert, wir müssen versuchen den Schaden zu begrenzen"!

Leichter gesagt als getan, der Turm schwang über die Back, und es war zu befürchten, dass er weiteren Schaden anrichtete, unten angeschweißt hing das herausgerissene Deck, ein drei mal vier Meter großes Loch tat sich auf, bei jedem Untertauchen des Stevens floss tonnenweise grünes Wasser ins Schiff, als erstes war das Kabelgatt mit der Farblast abgesoffen, die großen Farbeimer mit der blauen Außenbordsfarbe zerschlagen, gemischt mit Vorstrich weiß, Drahtseilfett, Pinseln Rollen, Ketten, Schäkel, und Drähte, sowie die unter Deck aufgeschossenen Festmacherleinen, alles flog durcheinander und vermengte sich zu einem großen nassen klebrigen Wirrwarr, umspült von den Wassermassen des pazifischen Ozeans, der ungehindert durch das Loch, wo vorher der Gittermast angeschweißt war, ins Schiffsinnere drang.

Bootsmann Dator, eigentlich der Schlüsselmatrose kam von seiner Decksinspektion zurück, und sah ziemlich blass um die Nase aus.

„Captain Brander, I have inspected the foredeck, and as you assumed, there is a big hole in the deck of the focs'le, we have water ingress, and furthermore, also water in hold Number 1."

" Jetzt weiß ich auch warum sich das Schiff so komisch bewegt" sagte Brander zum 2. Offizier, „warum hat der Bilgenalarm nicht angesprochen"?? Hier ist alles oberfaul, wollen die uns absaufen lassen, und die Versicherung kassieren, oder was ist hier los, so viele Zufälle kann es doch gar nicht geben".

Er wählte 9 am Bordtelefon, die Verbindung zur Maschine.

„ Chief werf die Pumpen für den Laderaum an, wir haben Wasser im Raum".

„Ok, boatswain, do you think we can swing the derrick of crane 1 over the hatch of hold Number 2 to get rid of the bloody tower, before it smashes the complete forecastle?"

"I will try" sagte der Bootsmann, und drehte sich um.

„Be careful, don't risk anything, you have to be healthy for your kids" rief ihm Brander hinter her, noch bevor Dator die Brücke verließ.

Mit dem Fernglas an seine Augen gepresst, Halt suchend auf dem schwankenden immer wieder überholenden Schiff, beobachtete Brander, wie der Bootsmann den Kran einschaltete, die Gischt bis zur Fahrerkabine hochspritzend, den wild schwingenden Ausleger mit einer Krandrehung auf Luke II ablegend, die Sicht immer wieder unterbrochen, durch die heran wehende Gischt, das Wasser stand regelrecht in der Luft, und peitschte seit Stunden gegen die Aufbauten.

In der Steuerbord Nock konnte Brander fast mit der Hand den Wellenkamm berühren, so hoch kamen die Brecher daher, da waren richtige Kawenzmänner dabei, die sich von den anderen haushohen Wellen, nur dadurch unterschieden, dass Sie noch gewaltiger waren und noch ein paar Meter höher, und das Wellental noch um einiges tiefer, so, wenn das Schiff den Wellenberg hinunterfuhr, sich schier ein großes grünes gefräßiges Loch auftat, in das Branders Schiff hineinfuhr, vor sich aufbäumend der nächste riesige Wellenberg, in den der Bug hinein tauchte, hoch oben brach der Wellenkamm, und unendliche Tonnen von Wasser drückten den Bug noch tiefer hinunter, es war als ob das Schiff senkrecht zum Meeresboden geschickt werden sollte, gleichzeitig wurde durch den Anprall dieser riesigen ungeheuer schweren Massen das Schiff abrupt auf gestoppt, als sei man mit einem Auto gegen eine feste Felsmasse gefahren, das Schiff ächzte und zitterte in allen Verbänden, schüttelte sich etwas, legte sich dann von einer anderen Quersee getroffen langsam auf die Seite, überlegte sich, ob es überhaupt noch mal hochkommen sollte , und richtete dann den Bug wieder zum Himmel, die Seen wie Sturzbäche nach achtern und den Seiten ablaufend, und wieder das Heck vom nächsten gewaltigen Wellenberg unter Wasser gedrückt, das halbe Vorderschiff hatte keine Berührung mehr mit der See, der Schiffsrumpf stand nun genau umgekehrt wie vorher, als der Bug eintauchte, die Maschine heulte, weil die Schraube eine ungeheure Kraft aufbringen musste, um die Drehzahl der Maschine einzuhalten, und dann ging es wieder fahrstuhlartig nach oben, der Bug stürzte in das nächste Wellental, in das dunkelgrüne Wasser, die nächste haushohe Welle durchbohrend, mit mehr Geschwindigkeit als vorher, einen gewaltig hohen Berg hinab fahrend, und dann wieder der plötzliche Stopp, die Luft von einem schaurigen Heulen erfüllt, der tropische Regen mit Seewasser vermischt, der allen an Bord die Sicht nahm, mit tränenden vom Seewasser brennenden Augen, nur noch ahnend wie sich diese plötzlich so riskante Reise fortsetzen würde, währenddessen, ächzten die Scheibenwischer, um jedenfalls für einen winzigen Moment etwas freie Sicht nach vorne zu haben, bevor sich die Scheiben wieder prall mit dem nachlaufenden Wasser füllten.

Jetzt schlugen noch einmal einige Brecher auf das Schiff ein, der tonnenschwere Ausleger flog plötzlich nach oben, als ob eine Riesenfaust von unten dagegen geschlagen hätte, das Schiff rollte unheimlich schnell hin und her, und in dem Moment als das Schiff wahnsinnig schnell nach Backbord überholte, kam mit einem ungeheuren krachen der Ausleger mit dem Gittermast herunter, das Hangerseil, knallte wie ein Bindfaden durch, das misshandelte Eisenlager brach ab, und der Ausleger samt Gittermast rutschte beim nächsten Überholen des Schiffes über die Lukendeckel, zerkratzte mit Geräuschen, die selbst durch den tosenden Sturm noch auf der Brücke zu hören waren das Eisen, schabte die graue Farbe ab, riss den vorderen Containerstützen wie ein Streichholz an der Steuerbordseite ab, und alles verschwand wie ein Spuk von Deck, die Drähte hingen an der Steuerbordseite über die Verschanzung, ein weiteres Loch an Deck, und dazu noch die Gefahr einen der Drähte in die Schraube zu bekommen.

Mit einem einzigen Satz schlitterte Brander über den glatten, nassen wie mit Schmierseife bedeckten Brückenboden, der mit Kunststoffplatten ausgelegt war, und durch das Wasser nur noch rutschiger wurde, griff mit einer Hand an den Fahrthebel, mit der anderen in der Luft balancierend und gleichzeitig einen Halt suchend ließ er sofort die Maschine auf "Ganz Langsam" laufen, um eine Katastrophe zu verhindern, der Draht durfte auf gar keinen Fall in die Schraube geraten, dies hieße sofortige Manövrierunfähigkeit, und die Konsequenz wäre sehr wahrscheinlich das Leckschlagen und darauf folgend der Untergang des Schiffes.

Nach minutenlanger Beobachtung sah es für Ihn so aus, als wenn der Ausleger unter Wasser noch am Draht hing, die Frage war in welcher Position, durch das heftige Stampfen, aber noch viel mehr durch das schnelle Hin und Herwerfen des Schiffes befürchtete Brander, dass man sich die Steuerbordseite aufschlitzen würde, wenn Stahl auf Stahl gegeneinander schlagen.

Brander stand da äußerlich ruhig, aber wenn der Inspektor jetzt greifbar gewesen wäre, wüsste er nicht was er tun würde. Müßig seine Gedanken an diesen gleichgültigen Langweiler zu verschwenden, der in China nur sein abendliches Bier im Sinn hatte, und damit prahlte, egal wie besoffen ich bin, aber „Ich kann immer", will heißen, „Selbst wenn ich noch so besoffen bin, er steht immer" so war er denn mächtig stolz im Vollrausch die „ Weiber" abschleppen, und am nächsten Morgen war er der größte, „Schade dass er sich nichts geholt hatte, ich hätte Ihn gerne mit der Bordapotheke verarztet" .

Das Klingen des Bordtelefons riss Brander aus seinen augenblicklichen Gedanken, wichtig war das Schiff und die Besatzung, also keinen weiteren Gedanken an diesen Idioten wie er den Inspektor nannte verschwenden.

„Chief, was gibt's, hoffentlich hast Du erfreulichere Nachrichten für mich"!

„Kapitän, tut mir leid, aber ich habe keine Möglichkeit zu lenzen, die Pumpen haben anscheinend einen Kurzschluss, und noch was, auf der Steuerbordseite kommt durch ein offenes Schott, dem Steuerbord Kabelgang Seewasser in den Maschinenraum".

Die Ereignisse schienen sich zu überschlagen, eine Panne kam zur nächsten, wenn die Lenzpumpen nicht mehr funktionierten, konnte auch das eindringende Seewasser aus der Luke nicht abgepumpt werden.

„Chief, ich komme jetzt runter, und schau mir alles an, werde aber zuerst noch an Deck gehen, und mich dort umschauen".

Bootsmann Dator war inzwischen zurück, und Brander ging gemeinsam mit Ihm an Deck, um sich selbst ein Bild zu machen.

Da Sie sich augenscheinlich im Auge des Taifuns befanden, war es unheimlich still, kein Windhauch zu verspüren, nur eine hohe durcheinanderlaufende Dünung umgab das Schiff, die Höhe der Wellenberge hatte sich nicht verändert, und vorsichtig gingen beide über Deck, sie nahmen die Backbordseite, da das Schiff immer weiter nach Steuerbord überhing, dies war dem Kapitän, trotz den heftigen Bewegungen des Schiffes nicht entgangen, normalerweise müsste es sich gleichmäßig nach beiden Seiten bewegen.

Ballast war seit dem Auslaufen nicht gepumpt worden, also musste eine andere Ursache vorliegen.

Zuerst den Mannlochdeckel von Luke 1 öffnen, und die Leiter hinunter, der Bootsmann hatte Recht, in der Luke schwappte etwa 3-4 Meter hoch das Wasser.

Luke I und II waren separat, und demnach sollte Luke II trocken sein, selbst wenn Luke 1 weiter volllaufen würde, vermutete Brander dass das Schiff immer noch schwimmen würde, ohne umzukippen trotz freier Oberflächen, diese freien Oberflächen waren ungeheuer gefährlich, sollte man dies auch in andren Räumen des Schiffes haben, Getreidefrachter sind in der Vergangenheit schon umgekippt und gesunken, wenn das nicht gut getrocknete Getreide, durch die Schiffsbewegungen breiig wurde, und schließlich wie eine flüssige Ladung das Schiff zum Kentern brachte.

Man stelle sich eine offene halb mit Wasser gefüllte Badewanne vor, auf dem Wasser schwimmend; es genügt ein leichter Druck mit dem Finger auf der Seite, und die Badewanne dreht sich ohne Kraftaufwand und versinkt dann von einer Sekunde auf die Andere.

Das gleiche Schicksal konnte Kapitän Brander und seiner Besatzung drohen, freie Oberflächen in den Luken, waren eine äußerst gefährliche stabilitätsmindernde Erscheinung, jetzt hieß es höllisch auf zu passen!

Durch die ungestümen seitwärts Bewegungen war es bisher nicht möglich sich die Stabilitätsunterlagen heraus zu holen, Brander war froh, dass bisher noch niemand verletzt war, bei den Beschleunigungskräften, die auf der Brücke vorherrschten, war es ein Wunder dass noch nicht Einer seiner Crew auch nur einen Kratzer hatte, er selbst war ja schon quer durch die Brücke geflogen, und hätte sich alles brechen können.

Bei allen unglücklichen Umständen, das wichtigste war die Unversehrtheit der Besatzung.

Die seitlichen Schiffbewegungen waren aber noch nicht so langsam, dass bisher ein größerer Stabilitätsverlust vermutet werden konnte. Trotzdem, wenn er daran dachte dass das Schiff so vehement überkrängte, das waren Kräfte die bestimmt über einem G lagen, zum Anderen gab es aber die Gefahr, dass sich das Schiff bei zu großer Seitenlage nicht mehr aufrichtete, weil das Wasser in der Luke auf die untenliegende Seitenwand drückte, und das Aufrichten verhinderte, ein Umstand der Kapitän Brander schon ein flaues Gefühl in der Magengegend verursachte, das Leben der Leute lag in seiner Hand, wenn er eine falsche Entscheidung traf, zu lange wartete oder zögerte – nicht auszudenken, wenn es Ihnen im letzten Augenblick nicht gelingen sollte das Schiff zu verlassen.

Das Problem bei Containerschiffen liegt bei den Ballastreisen.

Schiffe ohne Ladung mit Ballast in den Tanks haben naturgemäß eine so hohe Stabilität, dass sich die Schiffe wie bockende Pferde benahmen, nur wurden Pferde nach einigen Minuten wieder etwas ruhiger, und verloren Ihre Kraft, aber Brander und die gesamte Besatzung war der rauhen niemals ermüdenden See und deren unbändiger Kraft nun schon seit drei Tagen unterworfen, und eine gewisse Lethargie, und Müdigkeit war spürbar, trotzdem durfte keinen Moment in der Konzentration nachgelassen werden, ein kleiner Fehler, eine Unachtsamkeit beim heftigem Überholen des Schiffes, den Halt im falschen Moment loszulassen konnte das Leben kosten.

„Die Handgriffe waren sowieso nicht ausreichend",

dachte Brander und verfluchte im Geheimen, dass er jemals den Fuß auf dieses verkorkste Schiff gesetzt hatte. Es nutzte Alles nichts, er musste ruhig Blut bewahren und keinen Fehler machen, diese Kiste sollte Ihn nicht hinunterziehen!

Also weiter in der Untersuchung des „ Neubaus" der dieser nun gewiss nicht mehr war.

Sicherheitshalber ließ Kapitän Brander mit dem Bootsmann auf dem schwankenden Deck sein Gleichgewicht wahrend, ebenfalls den Einstieg zur Luke II öffnen, nachdem die Einstiegluke zu Raum 1 wieder verkeilt war, um sich über den Zustand der größten Luke des Schiffes zu vergewissern.

Bei einer Länge von fast 52 Metern und einer Breite von etwa 14 Metern nahm diese Luke weit mehr als die Hälfte des gesamten Schiffes ein, und war durch keinerlei Schotten unterteilt.

Als Brander die Leiter herunter kletterte, Pausen einlegend und sich mit Händen und Füßen festklammernd, während das Schiff überholte - ein Sturz aus dieser Höhe hätte ihn sicherlich das Leben gekostet – sah er schon die Bescherung, die Luke war ebenfalls leck, und dies gab Ihm wenig Hoffnung das Schiff bis Auckland oder irgendeinem anderen Hafen aus eigener Kraft durch zu bringen.

Wie kommt das Wasser in die Luke?, weiter hinabsteigend, die Beine umspült, nimmt er mit der Hand etwas Wasser von der Oberfläche, steigt schnell ein paar Stufen wieder hinauf, um nicht beim Überspülen der Sprossen von der

Leiter gerissen zu werden, steckt die Finger in den Mund und schmeckt „Salz".

Seewasser in beiden Luken, die Pumpen arbeiten nicht, schlimmer konnte es nicht mehr kommen!

Brander ließ sich trotz dieser Umstände eventuell in kurzer Zeit das Schiff aufgeben zu müssen, gegenüber dem Bootsmann nichts anmerken, es hatte ja keinen Sinn, Panik bei den Leuten hervor zu rufen. Stattdessen sagte er ruhig zum Bootsmann:

„Mr. Dator, please close the hatch entrance, and let's have a look now, to the pump room!"

" Schließ die Luke, lass uns jetzt auch den Pumpenraum öffnen"!

Als der Bootsmann breitbeinig die Bewegungen des Schiffes ausbalanciert, die Knebel am Deckel der Einstiegsluke löst, läuft schon das Wasser über den Rand, der Pumpenraum ist komplett abgesoffen, das Seewasser stand bis Oberkante Einstiegsluke.

„Elektromotoren und Wasser vertragen sich anscheinend nicht", geht s Kapitän Brander durch den Kopf, „in dieser Situation ist es vielleicht besser vorsichtshalber eine Seenotmeldung abzusetzen, um zu sehen, ob irgendwo ein Schiff in der Nähe ist, sollte es zum äußersten kommen. Das Einzige was noch fehlt, ist das uns jetzt ein Meteor trifft, oder eine Raumstation genau auf uns stürzt, mehr geht nicht.

 Alles ist abgesoffen, was im Bereich des Möglichen ist. Also weiter geht's".

Im Maschinenraum

„Jetzt erst mal runter, den Chief besuchen, Bootsmann bring noch 2 Leute mit, Schraubenschlüssel ab 27 und größer, vermute das Wasser an Steuerbordseite kommt durch das Loch des herausgerissenen Deckstützen, es sollte aber werftseitig ein Schott in diesem Mannloch eingesetzt sein."

So war es denn auch, die Schrauben wurden nachgezogen, und die Gummidichtung tight gesetzt, der Wasserzufluß zum Maschinenraum hinein, war für das Erste gestoppt.

Im Kontrollraum traf er den Chief Ingenieur, der auch nicht gerade strahlend vor Glück in seinem Stuhl saß, von wo aus er sämtliche Vorkommnisse der einzelnen Maschinen in seinem Monitor verfolgen konnte.

Sein Elektriker, saß abgeschlafft in einer Ecke, käsebleich, offensichtlich seekrank, das gab es auch bei einigen unbefahrenen Seeleuten, und war offensichtlich total überfordert.

Brander ließ sich in einen anderen freien Sitz fallen, die übermüdeten Augen mit den Fingerknöcheln reibend, und begrüßte den Chief Ingenieur, den er soweit er sich erinnern konnte, seit dem Auslaufen aus Shanghai nicht mehr gesehen hatte.

„Hi, Chief, ich denke wir sitzen ziemlich tief in der Scheiße"!

An Deck haben wir zwei recht große Löcher im Deck, der Ausleger vom Kran ist abgerissen, und hängt wahrscheinlich noch an den Hangerdrähten irgendwo außenbords wahrscheinlich ein paar Meter unter dem

Schiff, deswegen laufe ich auch nur mit „Ganz Langsam", die Drähte können wir nicht kappen, der ganze Schlamassel hängt jedenfalls an Steuerbordseite rüber."

In beiden Luken haben wir mehrere Meter Wasser, und es ist nicht feststellbar, ob weiteres Wasser nachfließt."

Der Maschinenraum ist teilweise unter Wasser, die Lenzpumpen komplett außer Funktion, im Grunde sind wir ein Wrack, das einzige was noch funktioniert, sind die nautischen Instrumente und die Hauptmaschine, sowie die Hilfsdiesel."

„Kapitän, der Elektriker hat auch festgestellt dass die Querschnitte der elektrischen Kabel nicht mit den vorgegebenen Maßen in den Zeichnungen übereinstimmen".

„Was mir ebenfalls Sorgen macht, sind die Leitungen im Schaltschrank, alles ist irgendwie lose, und wir können jetzt nichts nachziehen, weil alles unter Hochspannung steht, ist saugefährlich, wir müssen im nächsten Hafen eine Werftgang an Bord haben die sämtliche Reparaturarbeiten ausführt."

„Chief, eines kann ich Dir gleich sagen, mit einer Werftgang ist es nicht getan, das Schiff muss in die Werft, und zwar für mehrere Wochen, die ganze Innenverkleidung muss raus und erneuert werden, der Kran muss erneuert werden, ich weiss nicht ob es Dir klar ist, aber wir haben schon jetzt für einige Millionen Schaden, am Besten die Karre säuft ab, da ist nicht mehr viel zu retten"!

„Ok, Chief, lass die Bilgenpumpe laufen, die wird ja noch

funktionieren, und sag mir Bescheid, wenn der Maschinenraum wieder trocken ist",

Mit diesen Worten wandte sich Brander ab, und schlug sich wieder die schwankenden Treppen hinauf, vom unteren Ende des Schiffes bis hoch auf die Brücke, sich immer wieder abstützend, bei den Rollbewegungen des Schiffes, manchmal ausgleitend auf den feuchten Linoleum beschichteten Decks, musterte die Kombüse, wo der Boden gefährlich mit umgekipptem Speiseöl und Essensresten aus dem über Stag gegangenen Abfalleimer bedeckt war, in der Offiziersmesse hin und her fahrende, vom Seegang umgeworfene Stühle, die wegen fehlenden Ketten nicht befestigt wurden, Kühlschränke, ungesichert und unangeschraubt durch die chinesische Werft hatten die vorgebauten Holztüren durchschlagen, und kullerten ebenfalls laut polternd, auf dem mit Seewasser bedeckten Boden, welches mit den Bewegungen des Schiffes Hin und Herr schwappte, ging kurz in seine überflutete Kammer, besah sich den mit Papieren und Ordnern bedeckten Boden, und ging in das Bad um sich doch noch in irgendeiner Form zu erleichtern, auch wenn das Pinkeln nicht wirklich half, aber ein Teil der Belastung war jedenfalls spürbar weniger geworden.

Schließlich auf der Brücke angekommen, entschloss sich Brander erstmals eine Seenotmeldung abzusetzen.

Der erste der antwortete war ein US amerikanischer Aufklärungsflieger auf UKW Kanal 16, der auf dem amerikanischen Militärstützpunkt auf der Insel Guam beheimatet war.

Er teilte Kapitän Brander mit, dass er in der Nähe einen

Aufklärungsflug unternahm, und unsere Daten an seine Meldestelle durchgegeben hatte, seine Position befand sich über dem Taifun, und bevor er abdrehte sagte er noch: „ Look Captain, I have to leave you now, ‚cause my fuel is at the end, another plane with an ETA 2 hours from now will replace me, and as I said, please be careful, as it looks like, there is another tropical storm developing, just in the area where this baby was born, don't take any risk, good luck to you and your crew, will be leavin' now Cap, hope to see you next time."

Gesagt, getan, Brander war auch vorher auf sich alleine gestellt, aber irgendwie war es doch beruhigend in irgendeiner Form mit der Außenwelt zu kommunizieren, er war auch jetzt alleine in seinen Entscheidungen, aber auch in seinem Inneren etwas relaxter und mehr runtergekommen, hier gab es noch Leben, auch außerhalb des Schiffes, mit dem er sich seit Tagen ohne Schlaf, in schwerer See durch zu kämpfen hatte.

„ Irgendwie komisch diese Amerikaner, aber Sie lassen nie jemanden hängen, sondern riskieren meist Ihr eigenes Leben bevor Sie einen Kameraden zurück lassen. Jungs, ich ziehe meinen Hut vor Euch, darin übertrifft Euch so schnell keiner." Dachte es, drehte sich schwankend um die eigene Achse und befasste sich wieder mit der eigenen Situation, wie schon seit mehr als 48 Stunden, es war als wollte der Sturm niemals erlahmen und die haushohen Wogen, sich selbst überholend und überschlagend hämmerten weiter unbarmherzig auf das langsam kenternde Schiff ein.

Ein japanisches Kriegsschiff kreuzte ca. 150 sm nördlich der

„Joy of the Seas", und fragte nach weiteren Details.

Brander tippte eine Message an die japanische Küstenfunkstelle, die sich des Unglückfalles annahm, und hatte große Mühe bei dem Geschaukel und Gezerre überhaupt den Text einzugeben, da er beide Hände zum Tippen benötigte, und immer nur sekundenweise seinen Halt aufgeben konnte, um nicht quer durch die Brücke geschleudert zu werden.

„Verdammter Quatsch, wir sind hier kurz vor dem Absaufen, können uns kaum auf den Beinen halten, auf der Brücke so gut wie nichts zum Festhalten, und die Idioten wollen einen detaillierten Bericht, als ob ich gemütlich vor dem Schreibtisch sitze, und ganz gemächlich auf meiner Tastatur herum klimpere. - Fuck you"! –

dies schrieb er aber nicht, auch wenn er sich diese Bemerkung verkneifen musste, es lohnte sich absolut nicht, jetzt noch letzte Energiereserven auf verlustbringenden Nebenkriegsschauplätzen zu verpulvern.

Stattdessen schrieb er den Bericht, über die bisherigen Vorkommnisse, erwähnte dass das Schiff immer mehr Wasser nahm, die Pumpen komplett ausgefallen waren, und auch die großen Ladeluken weiter Wasser nahmen. Als letzten Satz bemerkte er noch dass zurzeit keine Hilfsmaßnahmen nötig seien, aber man möchte bitte auf „Stand by" sein, falls er den eventuellen Untergang des Schiffes ankündigen würde.

Danach führte Brander noch ein Gespräch mit dem Wachhabenden Beamten des Pacific Rescue Centers, und berichtete das sich sein Schiff trotz der erlittenen Schäden weiterhin gut in der schweren See halte, und er würde rechtzeitig Hilfe anfordern, sollte sich die Situation für das Schiff und die Besatzung ändern.

Nach dem Gespräch besann sich Brander noch einmal auf die prekäre Situation, ging noch einmal alle Punkte durch, ob er nichts vergessen hatte, fand dass er alle Möglichkeiten berücksichtigt hatte, die Verbindungen für eine eventuelle Rettung waren geschafft, was jetzt noch blieb war einfach dies: „Backen zusammenkneifen, und durch!"

Die erste Welle wurde nie vergessen

Als „Moses", auf seiner ersten Reise, hatte sich Brander nachts an Deck geschlichen, als er seinen ersten Sturm beobachtete. Auch damals vor über 30 Jahren, war es verboten gewesen das Deck zu betreten, aber seine Neugier war stärker als das Verbot.

So stand er denn damals an Deck und beobachtete wie die Gischt über die Back geweht wurde, und ab und zu liefen Rinnsale von Seewasser wie Zungen über das schwarz gestrichene Deck leckend, bis zu Ihm, zu dem Platz an dem er stand, dicht vor den Achteraufbauten, und er bewunderte die eleganten Auf und Ab- Bewegungen, und das gleichmäßige Überholen des großen Schiffes, bis plötzlich eine viel höhere Welle als die davor gewesenen über die Back schlug, und dann als das Seewasser etwa 20 cm hoch, über Deck auf Ihn zulief, und er dann gleichmütig auf den Poller stieg, um das Wasser unter sich hindurch laufen zu lassen, geschah es, mit dem Schwung des sich wieder aufbäumenden Schiffes, dass das Wasser enorm an Geschwindigkeit zunahm, und anstatt um den Poller herum zu laufen, stieg es ganz schnell daran empor, umspülte zuerst die Füße von Brander, hielt nicht ein, sondern wuchs regelrecht an Ihm empor, und drückte Ihn mit unaufhaltsamer Gewalt von seinem sicher geglaubten Standplatz, ließ Ihn erst straucheln, dann auf einmal herunterfallend, nahm dieses Rinnsal, wie er bis dahin glaubte ihn einfach mit sich, und spülte ihn wie eine leichte Puppe fast 20 Meter über Deck, und ließ Ihn anschließend an der Backbordverschanzung einfach unbeachtet liegen, dann, als das Schiff sich wieder nach Steuerbord neigte, war der Spuk in wenigen Sekunden wieder vorbei.

Staunend und ehrfürchtig ob dieser Gewalt und Kraft des Wassers, verbunden mit der Geschwindigkeit des Schiffes welches sich unter dem an Deck stehenden Wasser vorwärts bewegte, und noch die seitlichen Neigungen, die das fließende Wasser noch schneller machten, brannte sich dieses zum Glück für Ihn dann doch harmlos gebliebene Erlebnis tief in seinem Gedächtnis ein, und Zeit seines Lebens hatte er diese sanfte Belehrung der Natur, nie vergessen, aber seitdem immer wissend welche ungeheure Gewalt und welche endlose Kraft in dem Wasser steckte, auf dem er so viele Jahre seines Seemannslebens verbringen würde.

Sich aus seinen Erinnerungen, die blitzhaft durch seine Gedanken rasten, befreiend, Erinnerungen, die im Grunde nur einen Bruchteil von Sekunden dauerten, dachte er noch:"Mensch Junge, Du hast schon so viel an Schlecht Wetter abgeritten, durch diesen Taifun wirst Du jetzt auch noch hindurch surfen, egal wie hoch die Wellen sich noch auftürmen werden!"

Sich abrupt umdrehend, und gleichzeitig wieder mit aller Kraft festhaltend, um nicht umgeworfen zu werden, ging er nachdenklich immer wieder Halt suchend, zum Brückenfenster, und schaute sich nochmal in einer Ruhe, die er Gott sei Dank auch in dieser Situation bewahren konnte, die Verwüstungen am Oberdeck an, die der Taifun bis jetzt hervorgerufen hatte, ließ in Gedanken, die Bilder der abgesoffenen Kammern, mit dem herum schwappenden Seewasser in den Gänge und Messen vor seinem geistigen Auge passieren, die zertrümmerten Schränke, zerschmetterte Fernseher, die niemals mehr ein Bild ausstrahlen würden, und sagte zum Wachhabenden

Offizier:

„ Langsam reicht es mir, aber man kann es sich nicht immer aussuchen, aber Allem zum Trotz, da müssen wir dadurch."

Ein langer Tag

Es war noch nicht einmal Mittagszeit, und doch war seit Mitternacht so unendlich viel geschehen. Es war wie ein nicht endender Alptraum, der Brander nun schon tagelang pausenlos mit immer neuen Überraschungen beschäftigte, und Ihn ohne Unterlass in Atem hielt.

Um 11:49 wurde der nächste WX Wetterbericht aufgezeichnet, diesmal waren die Windgeschwindigkeiten mit 80 Knoten angegeben.

Um 17:15 WX Nr. 248, Taifun Kirogi nimmt an Stärke zu, mit Windgeschwindigkeiten von über 125 Knoten, dies entspricht etwa 235 Stundenkilometer, die durch nichts gebremst mit voller Wucht auf die sich durch den Sturm quälende „Joy of the Seas" einschlugen. Ihre Position zu diesem Zeitpunkt: 17° 19,4' Nord, 132° 50,0' Ost.

Der Taifun war nun stationär, und das verwundete Schiff steckte mittendrin, und konnte mit eigener Maschinenkraft dieser Hölle nicht mehr entkommen, die grünen Seen ergossen sich immer wieder erbarmungslos über das ganze Schiff, und die Luken liefen weiter voll, ohne dass irgendjemand dies verhindern konnte.

Alles deutete darauf hin, als wenn der Untergang letztendlich unvermeidlich schien.

Als jetzt auch noch das zweite Radar ausfiel, war Brander schon nicht mehr überrascht, sein Vertrauen in dieses neue Schiff war schon seit geraumer Zeit nicht mehr vorhanden, und er nahm es mit Humor „ Irgendwie finde ich es schon toll, dass dieser Wurstwagen überhaupt noch schwimmt" sagte er zu seinem 2. Offizier, „ trotzdem sollten wir gleich das Rettungsboot überprüfen, wenn wir hier nasse Füße kriegen, haben wir nur noch die Chance uns über die Rampe abzuschießen, bei diesem Geschaukel ein wenig Filigranarbeit, den richtigen Moment zu treffen, wo wir den Haken ausrasten, möglichst in der Mittschiffsposition des Schiffes, damit wir uns nicht verhaken, und eventuell im Rettungsboot gefangen sind, und irgendwo über dem Achterschiff hängen und weiter hin und her geschleudert werden."

„Jedenfalls sollten wir uns mit dieser Situation vertraut machen."

Manchmal muss man in den sauren Apfel beißen

Um 18:05 rief Brander die Reederei an und berichtete schonungslos über die nahezu aussichtslose Lage, und teilte auch seine Befürchtung mit, eventuell das Schiff aufgeben zu müssen.

„ Kapitän, machen Sie was Sie für richtig halten, auf keinen Fall den Helden spielen, lassen die Kiste lieber früher als zu spät sausen, wir sind versichert, retten Sie sich und Ihre Besatzung, lass die Kiste doch absaufen."

Brander antwortete schon etwas lakonisch:" Also normalerweise laufe ich immer mit dem Schiff in den nächsten Hafen ein, habe überhaupt keine Lust es diesmal anders zu machen. Aber klar, wenn ich merke dass meine Eier kalt werden, verlassen wir den Kahn. Ach ja, will nicht vergessen die Schäden aufzuzählen, die bis jetzt aufgetreten sind:

Steuerbord Radar samt Motor schon am ersten Tag aus dem Mast gerissen.

Derr vordere Schwergutkran in etwa 2 Meter Höhe leicht abgeknickt und teilweise an den Kanten eingerissen.

Der Ausleger, samt dem Auslegerstützen über Bord.

Auf dem Backborddeck ein ca. 4-5 Quadratmeter großes Loch, an dem das Deck mit dem aufgeschweißten Ausleger herausgerissen wurde.

An Steuerbordseite hinter der Back, fehlt der Containerstützen, an Deck ebenfalls ein ca. 2 Quadratmeter großes Loch, in das bei jedem Überholen des Schiffes das Seewasser strömt, der Kabelgang an Steuerbord scheint komplett voll Wasser zu sein, haben das Schott im Maschinenraum mit Schrauben gekontert, trotzdem scheint es eine Verbindung zu den Ladeluken zu geben, welche weiter Wasser machen, und dadurch die Stabilität des Schiffes gefährden.

Von der Brücke angefangen, bis zur Kombüse, sind die Aufbauten voller Wasser, keine Ahnung wie es eindringen konnte, es ist als ob wir vorne offen sind, das Wasser weht einfach in alle Unterkünfte, es ist absolut unerklärlich.

Wir können kein Wasser abpumpen, da auch der Pumpenraum abgesoffen ist, und alle elektrischen Pumpen außer Funktion sind.

Ich schwöre, dass der Einstieg verschlossen war, die Gummis haben alle vollen Abdruck, das Wasser muss also von innen eingedrungen sein.

Leute, die Chinesen haben uns hier eine Gurke untergejubelt, und ich kann nicht verstehen dass die Klassifikationsgesellschaft diesen Unsinn ohne Mängel abgenommen hat, dies wird noch ein Nachspiel haben.

Im Moment fällt mir nichts mehr ein, es langt auch so, ja noch eins, wir haben jetzt auch kein Radar mehr, das an Backbord hat vorhin auch seinen Geist aufgegeben, und bei dem Seegang ist an Fehlersuche auch nicht zu denken, wir befinden uns jetzt im absoluten Blindflug, die Sichtweite ist so, dass wir gerade noch die Back erkennen können, die Luft ist mit Seewasser angefüllt," und mit einem leisen Lachen zu seinem Inspektor, der atemlos am Anderen Ende der Welt rund um die Uhr am Schicksal des Schiffes und der Crew teilnahm, „ Du weißt ja, ein typisches Taifunwetter."

„ Mensch Brander, lass Dich nicht unterkriegen, freue mich jedenfalls Dich hier demnächst in Bremen zu sehen, dann gehen wir wieder ein gutes Bier trinken, also halt die Ohren steif."

Damit war die Verbindung unterbrochen, und Brander massierte sich den vom Festhalten des Telefonhörers schmerzenden und verkrampften Arm, und merkte jetzt auch, dass die vielen Stunden auf der Brücke auch Ihn schon ein wenig geschlaucht hatten.

Ein Blick über die Steuerbordseite zeigte Ihm dass die Drähte noch immer senkrecht ins Wasser hingen, und es schien als ob Wind und Wellen eine kleine Verschnaufpause eingelegt hätten, und Brander nutzte diese Gelegenheit, um mit etwas mehr Speed weiter in den Süden zu kommen.

Die Mannschaft konnte jetzt Essen fassen, und Brander ließ sich nur ein paar belegte Brote auf die Brücke bringen, dies sollte erst einmal genügen, um etwas neue Kraft zu tanken.

Der Frischwasserbestand war ebenfalls abgesunken und betrug nun nur noch 8 Tonnen, und keine Gelegenheit Seewasser zu Trinkwasser umzuwandeln, da auch die Verdampfungsanlage Ihren Geist aufgegeben hatte.

Rettung naht

Am 05.07. um 00:54 Uhr befand sich „Joy of the Seas" auf Position 16° 57,9' Nord und 133° 17,0' Ost, und fuhr mit einer Geschwindigkeit von 3 Knoten und einem Kurs von 190° über Grund.

Honolulu Coast Guard empfing unsere Positionsmeldung, und Brander fielen jetzt doch die Augen zu.

„Mensch mach dass meine Klüsen noch eine Weile offen bleiben, muss unbedingt noch die nächsten Stunden wachbleiben, damit nichts unvorhergesehenes passiert, die Stabilität des Schiffes ist unklar, und ich muss aufpassen, dass wir nicht kentern, und Mann und Maus verlustig gehen, und absaufen und dabei schlafen ist ja auch nicht gerade empfehlenswert."

Um 02:30 Uhr setzte sich der 170.000 Tonnen große Bulker „Asahisa" unter pakistanischer Flagge fahrend mit uns in Verbindung und bot seine Hilfe an.

„ Joy of the Seas, this is Pakistani Bulk vessel Asahisa, we are stopped in abt. 5 sm distance from you, and are ready to take you and your crew on board. You may come alongside with your life boat and we will pick you up."

Brander dachte kurz nach, und wog seine Chancen ab. Die See war noch zu hoch, er konnte durch seine ausgefallenen Radargeräte nicht feststellen, wo der Bulk Carrier war, im Seenotfall wollte er sich auch nicht unbedingt einem pakistanischem Seemann und Kapitän anvertrauen, besonders nicht einem der auf 5 sm Sicherheitsabstand bestand, ohne hochmütig zu sein, aber das Vertrauen in die Fähigkeiten von „Seeleuten" die nicht gerade aus den traditionellen Seefahrernationen stammten, hielt sich durchaus in Grenzen.

Was war, wenn die Übernahme nicht klappte, der Freibord des Bulkers war eventuell 10 Meter oder noch höher, und einmal im Rettungsboot, hieß es gibt kein Zurück, wenn wir nicht an Bord des Schiffes gelangen, sind wir uns selbst in dieser hohen See überlassen, tausend Gedanken sausten abwägend durch Branders Kopf, die Lösung auf den Bulker über zu steigen, erschien Ihm jedenfalls als zu gefährlich, deshalb antwortete er dem Kapitän ablehnend.

„Asahisa, this is Joy of the Seas, thank you for the kind offer to assist us Captain, but the distance of 5 nautical miles to your vessel, in this rough sea conditions is to far, specially, if the engine of our life boat may be stop. Assuming that with the size of your vessel, you cannot maneuver alongside of our life boat, therefore accept my decision, we will stay on board."

Die Antwort mit dem unverkennbaren pakistanischen Akzent lautete: „ Ok, captain, we wish you and your crew luck, but we cannot wait for you any longer, but will continue our trip".

Brander antwortete freundlich: " Anyhow Captain, thanks your offer, good trip to you".

Bei sich dachte er: " Mensch Meyer, den sind wir los, bin doch nicht verrückt, und begebe mich auf Gedeih und Verderb in die Hände von jemanden, dem ich so eine Rettungsaktion sowieso nicht zutraue, da bleibe ich lieber auf dieser Gurke, wir schwimmen doch noch."

Das „Noch" machte Brander nun doch Sorgen, aber das

Schiff holte immer noch so heftig über, dass es nicht gelang in den Stabilitätsunterlagen einen Fall zu finden, der Ihrer jetzigen Situation entsprach.

Die Dänen kommen

Gegen 12:00 mittags, etwa 1 Stunde nachdem der Bulker abgedampft war, hatte Brander einen ersten Sprachkontakt mit einem dänischen Kümo, der sich seiner Position näherte, und anfragte, ob Hilfe erwünscht sei.

Immer noch wehte es mit 8 Beaufort aus Südwest, und die Wellen waren nicht mehr über 10 Meter hoch, so dass die Schiffsbewegungen im Vergleich zu den letzten Tagen schon komfortabel genannt werden konnten.

Joy of the Seas steuerte nun südlichen Kurs, der Pitch war auf 40 % eingestellt, und die Geschwindigkeit über Grund betrug etwa 4 Knoten, lag aber auch mit 15 Grad Schlagseite nach Steuerbord, bewegte sich aber immer noch heftig.

Um 15:00 erfolgte dann ein Black Out, Hauptmaschine, Die Generatoren, die nach ungefähr 20 Sekunden automatisch anspringen sollten, meldeten sich auch nicht. Also „Schwarzes Licht"!

Auf der Brücke lief es jetzt nur noch auf Batteriebetrieb, und dies nur noch für einige Stunden, sollte es dem Chief und dem Elektriker nicht gelingen einen Hilfsdiesel zu starten, oder die Hauptmaschine wieder einsatzbereit zu machen.

Brander ging an das UKW: Hallo Captain, thank you, if you can Stand by for a while, we have severe damage in several parts of the vessel, we are making water in hold 1 and 2, our pumps are all out of order, we have no radars any more, the main engine is down, and it looks that we possibly will give up the vessel, if we do not manage to start our engine in due time. We have been informed by the American forecast, that another Taifun is on its way from the south, and I do not like to be present without engine or electricity, and be pushed around without any defense left.

My Chief engineer has time until evening to fix the engine, if this is not possible we intend to leave the vessel.

Do you have the possibility to pick us up, when we come alongside??"

Der Kapitän antwortete sofort: "Yes Captain, we are a coaster of only 1200 tons and 7 crew, but we can give you accommodation, and share our space with your crew. Let me know, when you decide to leave the vessel, besides, we can continue our talk in German, even it's a couple of years ago, I talked in your language."

"Fein Kapitän, antwortete Brander Danke dass Ihr auf Stand BY bleibt, ich melde mich, sobald ich weiß wie es hier weitergeht."

Jetzt musste Brander den Chief über seine Entscheidung unterrichten, und hören, welche Möglichkeiten der Chief hatte.

Brander wählte wieder die „9".

„Hallo Chief, ohne Maschine kommen wir ja bekannter weise nicht weiter, der nächste Taifun ist im Anmarsch, und kann uns heute Nacht oder morgen Vormittag erreichen. Ich glaube wir haben unser Glück ausgeschöpft, die Mannschaft ist müde, wir liegen auf der Seite und schwanken im Takt der Wellen, die Luken laufen weiter voll, wir haben kein Frischwasser mehr, sollte es uns nicht gelingen die Maschine wieder klar zu bekommen, möchte ich dass wir alle bei Tageslicht aussteigen, ein dänischer Kümo erreicht uns in Kürze, und wir lassen die Kiste sausen, ich glaube nicht nur ich bin bedient, was meinst Du, kriegst Du die Kiste wieder in Gang?"

„Keine Ahnung, hier unten sind die Leute auch alle kaputt, ich versuche mein Bestes!"

„Ok, Chief, um 17:30Uhr ist Schicht, entweder die Gurke läuft, so dass wir den nächsten Hafen ansteuern können, oder wir steigen aus. Keine Minute mehr, ich möchte nicht im Dunklen austeigen, bis jetzt hat sich niemand verletzt, und ich möchte das dies so bleibt. Also, viel Erfolg!"

Brander ging von der Brücke, irgendwie war er erleichtert eine Entscheidung getroffen zu haben, aber es war eine Entscheidung mit der er ganz und gar nicht zufrieden war.

Er hatte niemals im Traum daran gedacht einmal „sein Schiff" aufzugeben. Das schlimmste was einem Kapitän passieren kann, aber es schien unweigerlich darauf hinaus zu laufen, ein absoluter Albtraum, und für Brander eine persönliche Niederlage! Aber bei allem Stolz, die Sicherheit der Besatzung hatte höchste Priorität, seinen Stolz musste er knicken.

Was Ihm jetzt blieb, war ein vielleicht letzter Gang über Deck, sich alle Schäden anzuschauen, vielleicht noch einmal abwägen und dann endgültig hinter dem stehen, was erforderlich ist, um Schaden von der Besatzung abzuwenden, dies war nunmehr in dieser entscheidenden Phase seine höchste Pflicht.

Er ging langsam wie um Zeit zu schinden auf der Backbord Seite nach vorne.

Da war er, der abgeknickte Kran, der Ausleger abgerissen, mit einer ungeheuren Kraft, die er bis dahin nie vermutet hatte, dass es Sie überhaupt geben könnte.

Ja, wenn eine Ladung daran gehangen hätte, ein nicht zulässiges Gewicht, ein Fehler im Material, der so einen Bruch gerechtfertigt hätte, aber nur durch Fliehkraft, so ein Teil zu verlieren, -unvorstellbar-, und doch, es war geschehen.

Ein paar Schritte weiter, die Treppe hinauf zur Back, ein riesiges Loch, in welchem das Wasser gurgelte, und hinaus schwappte, dort war vorher ein Deck, auf dem Deck ein Stahlgerüst, welches den Ausleger getragen hat, oder vielmehr tragen sollte, Branders Augen nahmen die Wunden seines Schiffes mit Schmerzen auf, Ihm war als sei er selbst von den Wassermassen getroffen worden, geschlagen worden, und auseinander gerissen, eine tiefe Traurigkeit bemächtigte sich seiner, und er wandte sich ab, um seine Tränen zu verbergen.

Dann einige weitere Schritte nach Steuerbord hinüber, wo die Containerauflage aus dem Deck gerissen war, ein weiteres Loch mit Seewasser gefüllt, bis zum Maschinenraum.

An der Einstiegsluke hinter der Back, schlug er die Knebel zur Seite, sicherte den Einstiegsdeckel, und stieg die Leiter hinab um noch einmal einen Blick in die überflutete Luke zu werfen.. Nach ein paar Metern das Schwappen im Unterraum, das Wasser war seit seiner letzten Inspektion weiter gestiegen, auch wenn er es wegen der Schiffsbewegungen nicht messen konnte, wusste er, da waren wieder einige hundert Tonnen hinzugekommen.

In Luke II das gleiche Bild, das Wasser drang weiter ein, keine Pumpen um es hinaus zu befördern, keine Chance aus eigener Kraft das Schiff zu retten. Er sah mit traurigen Augen dass es keine Chance gab weiter an Bord zu bleiben, es sei denn der Chief schaffte es die Hauptmaschine wieder in Betrieb zu setzen. Falls nicht, konnten nur Bergungsfachleute mit der richtigen Ausrüstung Abhilfe schaffen. Wie er aus dem Reedereikontor wusste waren schon 2 Bergungsschlepper unterwegs zu Ihrer Position.

Abschuss

Gegen 17:20 befahl Brander der Mannschaft, sich auf dem Bootsdeck zu versammeln, Ihre Schwimmwesten anzuziehen, und sich auf die vorgegeben Plätze zu setzen sich anzuschnallen, das Abzählen für die Vollständigkeit aller Besatzungsmitglieder oblag dem 2.Offizier, es fehlte niemand, alle waren wohl froh, endlich das Wrack verlassen zu dürfen. Brander stand noch einmal auf seiner Brücke, alleine, und sah schweigend über das beschädigte Schiff.

Die Reise von Schanghai nach Auckland in Neuseeland war hier und jetzt zu Ende.

Bitter für Ihn, hatte er sich etwas vorzuwerfen, er zuckte leicht mit den Achseln, nahm langsam das Tagebuch aus der Schublade, die Kladde mit den Eintragungen der Wachoffiziere, die Schiffskasse, sowie die Abrechnungen über die Vorschüsse der Besatzung, die Seefahrtbücher und Pässe hatte er schon vorher an die Crew ausgehändigt.

Zuletzt nahm er noch eine Flasche Whiskey unter den Arm, als Geschenk für den dänischen Kapitän.

Als letzter kletterte er in das mit dem Bug nach unten auf einem Schlitten liegende Boot, schloss die Einstiegsluke hinter sich, und kontrollierte ob sich auch alle Besatzungsmitglieder angeschnallt hatten.

Die Bootslaschings waren schon vorher entfernt worden, und Brander begab sich auf den Fahrersitz, der Dieselmotor war schon angelassen worden und tuckerte vor sich hin, Brander wollte selbst aufpumpen und den Haken, der das Boot jetzt noch hielt, selbst auslösen.

Die Entscheidung das Schiff zu verlassen war endgültig gefallen, und jetzt mussten noch die letzten Handgriffe erfolgen, um das Rettungsboot sauber vom Schiff zu trennen.

Er hielt nach einigen Pumpbewegungen inne, fühlend dass der Haken, der das Boot noch hielt kurz vor dem Ausrasten war, spürte dann dass das Schiff in der waagerechten stand, und mit 2-3 schnellen weiteren Pumpstößen, wurde der Haken mit einem hörbaren Klick nach unten gedrückt, das Rettungsboot setzte sich mit einem Ruck in Bewegung, glitt die ersten Meter auf dem Schlitten abwärts, Brander stieß sich noch schmerzhaft den Kopf am Fahrerstand, und schon sauste das Hattecke Boot unaufhaltsam schneller werdend, kopfüber in die wogende See.

Es war als wenn eine Nabelschnur durchgetrennt wurde.

Der Bug bohrte sich mit einem satten Platschen unter Wasser, und im nächsten Moment schoss es wieder mit dem Bug voran nach oben, und durchbohrte die Wasseroberfläche, und tanzte auf den hohen Wellen.

"Ok, we made it, anybody hurt?"

"Ok, let's open the backdoor, and let 'see in which direction the Danish coaster may be."

Vom Auslösen des Hakens bis zum Auftauchen des Bootes waren nur wenige Sekunden vergangen, Brander legte den Vorwärtsgang ein und steuerte zunächst vom Schiff weg, um nicht gegen die Bordwand geschleudert zu werden.

„Mein lieber Herr", dachte er bei sich:

„ Dies ist schon was Anderes als ein Manöver im Hafen oder auf Reede im stillen Wasser, bei dem Seegang, kann man vorher auch gar nicht abschätzen, ob wir ins Wellental oder auf einer Woge auftreffen, vom Gefühl her war es wohl in ein Wellental hinein, der Aufprall ließ schon ein wenig auf sich warten, und war auch irgendwie heftiger als bei einem Manöver".

„Egal, keinem war etwas passiert, die Leute haben sich in den Sitzen zurückgelehnt, und gut angeschnallt, einzig der polnische Elektriker hatte die Gurte nicht fest angezogen, und war heftig durchgeschüttelt worden, wird wohl beim nächsten Mal besser aufpassen".

Über die Handgeräte wurde nun der Sprechkontakt erneut aufgenommen, und die Verständigung mit dem dänischen Coaster war laut und klar.

Das Boot wurde wie von Riesenhänden emporgehoben, um im nächsten Moment wieder hinabgestoßen zu werden, aber es war auszuhalten, Branders Sorge war, dass es keinem schlecht wurde, aber alle hatten die Seekrankheit im Zaum, oder waren zu aufgeregt, um überhaupt daran zu denken.

Brander bat den Kapitän eine Netzbrook an der Steuerbordseite festzumachen, damit seine Besatzung sich dort festhalten konnte, um sich daran an Deck zu ziehen.

Brander selbst manövrierte das Boot, welches sich jedoch im Netz verhedderte und verhakte, und zu kentern drohte, als durch die Seitwärtsbewegung des Schiffes das Rettungsboot mit in die Höhe gerissen wurde.

Gott sei Dank hatte noch niemand versucht sich an der

Netzbrook fest zu halten, er hätte sich wahrscheinlich alle Knochen gebrochen.

Ans Festmachen mit einer Vor-und Achterleine war ebenfalls nicht zu denken, dazu waren die Schiffsbewegungen viel zu heftig.

Brander bat den Kapitän über Funk das Netz wieder einzuholen, und stattdessen die Lotsentreppe an der Seite zu befestigen.

In einigen Metern Abstand schaute sich Brander dann die Bewegungen des Schiffes erneut an.

„Dies wird eine richtig schwierige Kiste, sagte er zu dem 2. Offizier, der noch den gefasstesten Eindruck machte.

Pass auf sagte Brander, Du stehst hinten neben der offenen Tür, und in dem Moment wo wir nach oben steigen, hilfst Du immer jedem einzelnen auf die Leiter, der hat dann einige Sekunden um einige Stufen hinauf zu klettern, bevor wir wieder mit dem Boot auf Höhe sind.

 Alles verstanden, ich hoffe Du weißt worauf es ankommt, ich kann nur etwas vor und zurück fahren wenn wir Längsseite sind".

Die Schwierigkeit war den richtigen Moment zum Übersteigen zu erwischen, wenn das Boot wie ein Fahrstuhl nach oben sauste, konnte man über die Decksladung schauen, und wenn es wieder abwärts ging, und der Kümo überholte, sah man die Rundungen des Kimmgangs, also praktisch die Unterseite des Schiffes, den Schiffsboden.

Brander musste aufpassen nicht zu nahe heranzufahren,

damit Ihn der Kümo nicht mit der Seitenwand unter das Schiff drückte, und doch so nahe, dass sich das Besatzungsmitglied mit Händen und Füßen an der Lotsenleiter klammern konnte, das ging nur mit harten Manövern des Rettungsbootes.

Als ersten wählte Brander den Chief Ingenieur aus, der einen erschöpften Eindruck vermittelte.

Der 2. Offizier hatte die Situation im Griff und stieß den Chief im richtigen Moment Richtung Leiter, und während das Boot in rasender Fahrt nach unten fiel, der Motor gequält heulte, hatte sich der Chief mit einigen Tritten auf das Deck des Kümos gerettet.

Einer nach dem Anderen konnte nun in der nächsten Stunde, oder waren es nur endlose Minuten gerettet werden.

Immer bestand jedoch die Gefahr doch noch vom sich empor geworfenen Rettungsboot getroffen zu werden, wenn es mit einer Welle wieder gegen das Schiff geschleudert wurde.

Zuletzt waren noch Kapitän Brander und der 2. Offizier auf dem Boot, der einen tollen Job gemacht hatte.

Im Inneren des Bootes war der Boden bereits voll Seewasser gelaufen, da bei den Rückwärtsmanövern immer eine Welle ins Boot durch die offene Hecktüren herein schlug.

Beim letzten Anlauf der nun die 2 Personen an das Schiff heranbringen sollte, die letztendlich für das gute Gelingen gesorgt hatten, fiel der Diesel aus, und das Rettungsboot trieb langsam vom dänischen Kümo davon.

Taue die die Besatzung herunterwarfen, erreichten das Boot nicht mehr, und bei der Ironie dieser Geschichte sagte Brander zum 2. Offizier:

„Ja, mein Freund so geht das, jetzt haben wir alle ab geborgen, und wir beide treiben nun ab, ist doch irgendwie komisch. Oder"?

„Na ja, den Motor kriegen wir wohl nicht mehr angeschmissen, ich glaube den hab ich durch die harten Manöver gekillt, aber die Jungs auf dem Kümo können ja heranfahren und uns auf die windabgewandte Seite nehmen, dann können wir ganz bequem an Bord gehen."

Der dänische Kapitän war sicher kein Gedankenleser, aber ein guter Seemann, und tat genau das was Brander gerade dachte, und mit einem lauten Knall schlug das Boot noch mal an die Bordwand, der 2. Offizier stieg über, und dann beim nächsten Zusammenstoß gelang es auch Brander über die Lotsenleiter an Deck zu gelangen.

Der erste Offizier seiner Crew kam auf Ihn zu und sagte leise: „ Thank you Captain for saving our lives."

Brander war ganz gerührt, das hatte er nicht erwartet, er musste sich erst einmal setzen, und bemerkte jetzt als Alles vorbei war, wie seine Knie zitterten und Ihn momentan nicht so recht tragen wollten.

Er ließ sich einfach an Deck nieder, streckte die Beine von sich, und horchte in sich hinein, die Erschöpfung hatte Ihn nun doch eingeholt, und er konnte die nächsten 5 Minuten nicht mehr aufstehen, so hatte Ihn die ganze Aktion mitgenommen.

„Oh shit", sagte er noch, "you kow that I forgot this bottle of Whiskey for the captain, it's in the bloody boat, the next fisherman who is going to find it will be happy anyhow!"

Der dänische Kapitän war anscheinend nicht nur ein guter Seemann, aber auch so feinfühlig Brander erst einmal in Ruhe zu lassen, der sich erst an Deck ein wenig erholen musste, ohne gleich reden zu müssen.

Nach einigen Minuten schließlich erhob sich Brander, die Besatzung klatschte Ihm Beifall, und er ging mit langsamen Schritten zur Brücke, um sich beim Kapitän zu bedanken.

„ Thank you, Captain, good job!"

Brander und der dänische Kapitän begrüßten sich freundschaftlich, und duzten sich vom ersten Moment an, und es war als ob Sie sich schon lange kannten.

„Danke erst einmal, dass alles so hervorragend geklappt hat, ich heiße Joachim."

„Wie ich sehe verstehen sich meine Leute sehr gut mit Deiner Besatzung, ich möchte nicht dass meine Jungs einfach nur so herum hängen, sondern es wäre ganz gut, wenn wir meine Besatzung in Deinen Schiffsablauf integrieren könnten, dann hat jeder eine Aufgabe, und kommt nicht auf dumme Gedanken, und für Deine Crew, gibt es weniger Arbeit, jetzt wo ja auch alles sehr beengt ist" sagte Brander.

„ Gute Idee, bin ich mit einverstanden und Danke für Dein Angebot, ich heiße Jan und – ja- willkommen an Bord."

Brander: „ Ich hatte gedacht, meine Leute machen Ihren Dienst hier bei Dir an Bord, genauso wie vorher auf dem Havaristen, alle sind jetzt ein wenig erschöpft, aber Sie sind auch gesund und mein Erster Offizier teilt dann die Seewachen ein, der Koch hilft Deinem Koch in der Kombüse, jetzt haben wir ja eine Besatzungsstärke von fast 30 Leuten, da gibt es viel zu tun."

„Hör zu Joachim, ich habe gerade mit meiner Reederei gesprochen, Dein Reeder hat unser Schiff für die nächsten Tage gechartert, und wir fahren nach San Fernando, auf die andere Seite der Philippinen, wo wir Euch dann an Land geben. Du kannst in meiner Kabine auf dem Sofa schlafen, ansonsten fühle Dich wie bei Dir an Bord, wenn Du was trinken möchtest, oder essen, frage nicht, das gleiche gilt für Deine Besatzung. Kantine rechne ich ab gegen Ticket, genauso wie Du es an Bord machst, und bezahlt wird am Ende der Reise, hier erst mal ein Bier, Prost, und auf gute Zusammenarbeit."

Brander und seine Leute richteten sich so gut es ging an Bord ein, die Kabinen wurden geteilt, Proviant für die nächsten Tage war vorhanden, und nach einigen Tagen, mit abflauendem Sturm, erreichte man ohne Zwischenfälle den Hafen von San Fernando.

Herzlicher Abschied von neu gewonnen Freunden, ein Bus brachte die Besatzung nach Manila, wo sich alle neu einkleideten und die ersten Stunden im „Traders Hotel" genossen, die Anspannung war nun vorüber, und man blieb noch einige Tage zusammen.

Aussagen wurden protokolliert, ein deutscher Anwalt war aus Hamburg eingeflogen, das Schiff „ Joy of the Seas" auf den Haken genommen, 2 Schlepper brachten den Havaristen nach Singapore, und Kapitän Brander flog nach Deutschland, saß noch einige Tage im Kontor der Reederei, und flog dann ebenfalls nach Singapore um die Reparaturarbeiten zu beaufsichtigen.

Das Schwesterschiff wartete schon auf Ihn, und wenige Wochen später sollte er von Auckland aus den Pazifik bereisen, wo neue Abenteuer auf Ihn warteten.

Glossar

Kausch: metallener gebogener halbkreisförmiger Ring, mit einem Durchmesser der dem des darum gespleißten Tauwerks entspricht

Spleiß: Ein Auge herstellen, durch das hineindrehen der losen Enden in den Tampen oder Draht

Palstek: Seemannsknoten

Klabautermann: Geist der Seeleute noch aus der Windjammerzeit stammend

Gatjen: Loch- hier wohl das „A-loch" gemeint

Bootsmann: Vorgesetzter der Matrosen und Junggrade, wie ein Meister an Land

Moses: Schiffsjunge

BRT: Bruttoregistertonnen

Persenninge: Lukenabdeckung aus Segeltuch gewirkt

Mac Hand: mit eigenen Händen, aus eigener Kraft

Scheerstock: rechtwinklig zum Lukensüll im Abstand einer Lukendeckelbreite als Aufnahme der Lukendeckel und als Querverband gedacht

Schalklatten, Schalkkeile: die Persenninge wurden so gefaltet dass sie unter die Schalklatten kamen und dann mit Hilfe der Schalkkeile mit Hammerschlägen festgeklopft

Festmacher: hier Arbeitshandschuhe-sonst Hafenarbeiter die die Leinen von Schiffen an Pollern festmachen

Jungblau: Jungzimmermann hier ein reisender Zimmermann der sich nach altem Brauch während der Lehrzeit verdingte

Labilab: ein um die Hüfte gebundenes leichtes Tuch

Rabbeltuch: Sackleinen

Crew: Mannschaft

Dollbord: Oberseite des Bootskörpers auf dem die Dollen (metallene Aufnahme der Riemen) eingesteckt werden

Runner: Draht der von der Winsch zum Ladeblock geht um Güter zu übernehmen

Winsch: Winde mit Drahttrommel

Labsalbe: Drahtseifett

Lukensüll: rundherum laufende stählerne Lukenbegrenzung

Plimsoll: Lademarke des Seeschiffes

Mennige: Farbaufstrich gegen das Rosten

Kümo: Abkürzung für Küstenmotorschiff

Klüse: Öffnung in der Schiffswand an Deck, wo die Festmacherleinen durchgehen

Angetüddelt: angeheitert

Feudel: Aufnehmer zur Bodenreinigung

Kabelgatt: Stauraum im Vorschiff für Farben, Drähte und andere Ausrüstungsgegenstände im Decksbereich

Germanischer Lloyd: Klassifikationsgesellschaft

Kompensationstabelle: Beschickungstabelle des Magnetkompasses

Flinderstange: Ein Rohr mit einzelnen Magneten in der Regel an der Vorderseite des Kompassgehäuses angebracht

Krängung: Überholen des Schiffes nach Backbord oder Steuerbord

Nock, Brückennock: seitliche Freiräume an beiden Seiten der Brücke, man steht im Freien

Türsüll: eine etwa 15 cm hohe Erhebung unter den Brückentüren, um einfließendes Wasser zu verhindern

SAT: kurz für Satellitentelefon

Kawenzmänner: sehr hohe Wellen

Knebel: metallene Schraubverschlüsse der Einstiegsluken

Reede: Ankerplatz eines Schiffes vor einem Hafen

Netzbrook: Netz aus Tauwerk, um Stückgüter zu laden

MIX

Papier | Fördert
gute Waldnutzung

FSC® C083411

Zeitfracht Medien GmbH
Ferdinand-Jühlke-Straße 7
99095 Erfurt, Deutschland
produktsicherheit@kolibri360.de